致青春 100

汀南絲雨

（上）

狄戈 著

高寶書版集團

目錄
CONTENTS

第一章　深夜食堂

安潯開了將近一天一夜的車才到汀南高速公路收費站，期間她只在車裡瞇了四、五個小時，吃了兩碗泡麵。

繼母一直教育安潯，女孩子最重要的是優雅。如果讓繼母知道自己這麼隨便地過了兩天，她一定會十分受傷，會覺得自己的教育很失敗，然後痛心疾首地逼安潯發誓以後再也不會這樣做。

安潯想到她的樣子，不自覺笑了起來，真是個單純的女人，竟然一直覺得自己是純良賢淑的小白兔，要是她知道自己逃婚，不昏倒才怪。

因為正值元旦假期，四季如夏的汀南迎來了遊客如織的旅遊旺季。她已經在高速公路收費站龜速滑行了十五分鐘，隔壁車道的一個駕駛焦躁得罵個不停，說再拖下去訂的飯店就要被取消了。

安潯摸了摸用一根細麻繩掛在後照鏡上的鑰匙，些微的鏽痕讓她意識到自己已經很久沒來汀南了，不知道那棟海邊別墅是否還是老樣子，老管家長生伯有沒有回家過元旦，自己留下的畫板還找不找得到……

她的目的地是鶯歌灣，早年那裡還是一片寧靜祥和，後來政府大力開發，十里黃金海岸享譽中外，如今鶯歌灣的遊客一年四季從沒少過。

黃昏的濱海公路被夕陽餘暉鋪了一地金黃，蜿蜒至遠處與海岸融成一色。安潯摘下墨鏡，降下車窗，溫和的海風混著紫薇花的香氣瞬間盈滿整個車廂。她用手梳了梳被風吹散的長髮，深吸了一口氣，這兩天略為緊繃的心情終於舒緩了一些。

別墅坐落於黃金海岸西邊一片平整的山丘上，門外就是沙灘與大海，溫和的海風，細軟的沙子，海鷗以及花香，都是她對這裡最深的記憶。

這個別墅區有十多戶人家，幾乎都出租給前來度假的遊客，像她家這樣長年空著的非常少見。安潯將車子轉了個彎，來到別墅門前，熟悉的白色院牆和紅色大門映入眼簾，大門一側停了一輛紅色越野車，火紅的顏色就像汀南的天氣一樣，溫暖熱情。安潯覺得或許是哪個遊客的車，並未太在意，小心將車停到越野車旁邊，下車拿了後車廂的行李，便搖搖晃晃地走向大門。

安潯是訂婚的前一夜決定要逃婚的，當時她正在試鞋子，打算離開也是那一瞬間的勇氣，說走就走，連這雙細跟高跟鞋都來不及換下。這鞋走在沙子上絕對舒服不到哪裡去，她索性脫下來拎在手裡。

大門微掩，她猜是老管家在家，便推開門走了進去。

院子裡的花草植物與她記憶裡的模樣相去甚遠，就連她當年親手栽種的黃椰子都已經大得不像話了，百日紅開滿了庭院，而最讓她意外的是，那棵曾經害她摔跤的椰子樹下竟然坐了一個陌生人。

那是個非常年輕的男人，他正慵懶地靠坐在籐椅上，長腿搭在花臺的岩石邊上，夕陽餘暉透過樹葉間隙照在他白皙的臉龐上，斑駁晃動，忽明忽暗……

安潯愣在那裡，恍然間，空氣中的花香味更盛。

男人戴著耳機閉著眼，不知道是不是睡著了。安潯轉身將門關上，發出吱嘎的響聲，她回頭再看向男人時，對方已睜開眼看了過來。

他剛才似乎是真的睡著了，那一雙惺忪睡眼微瞇著，漆黑的瞳仁慢慢聚焦到安潯身上。安潯一手扶著行李箱一手拎著高跟鞋，光著腳丫站在那裡，長裙搖曳著。她輕輕笑了一下：「你是長生伯的兒子嗎？」

長生伯有個與她年齡相仿的兒子，小時候兩人經常一起玩，不過男孩的模樣她早已不記得了，只是電話中長生伯總是提起他，叫什麼名字？安潯歪頭想了一下，太久遠了，想不起來，只記得是個小話匣子，很聒噪，有點煩人。

男人看到她說話才摘下耳機，眼底已是一片清明，他似乎沒聽到她說什麼，只是抱歉地笑笑說道：「我以為自己在做夢。」

聲音低沉，帶著剛醒來的喑啞，卻出奇地好聽，像他的外貌一樣——迷人。

安潯有點疑惑，雖然自己對長生伯的兒子記憶模糊，但印象中那孩子可沒有這麼好看的笑容，似乎也從來不會像他這樣溫柔地說話。她不動聲色地小聲道：「長大了，竟然變得這麼……好畫，手癢。」

說話間，他已經站了起來，垂眸看了看她，猶豫了一下，還是伸手將她肩頭不知何時落下的葉子摘掉。他皺眉捻著葉莖，一副不知道該扔到哪裡的樣子。安潯這才發現葉子上有隻小蟲，心裡那微微被冒犯的感覺變成感激。她側身露出門後的垃圾桶，他有些嫌棄地扔掉蟲子，回頭看她，自然地道：「他們等一下就回來，妳先進去吧。」

安潯看著他，越發疑惑：為什麼當年比自己還矮一截的男孩如今變得這麼高？為什麼永遠掛著兩條鼻涕的髒小孩如今會如此乾淨帥氣？「他們是誰？」最讓她不解的是這個人對她的到來似乎絲毫不覺驚訝。

那人挑挑眉梢看向她，還來不及開口，大門便再一次被人打開，門外走進來幾個人，男女都有。其中一個穿著短褲涼鞋的女孩開心地跳到男人身邊：「司羽，你醒啦！我們剛剛買了牛肉，晚上煎牛排怎麼樣？」女孩說著還不忘轉頭打量安潯。在安潯看來，她的眼神可不像這個叫司羽的人那麼溫和。

「大川，這是你女朋友嗎？」女孩的眼神從安潯身上移開，轉頭問其中一個提著食材的高壯男人。

叫大川的男人一臉疑惑地看著安潯：「我女朋友不來啊，北方下大雪，班機取消了。」微風吹動滿院的百日紅，黃椰子的大葉子隨風沙沙作響，安潯的裙角也一同飛揚。在場所有人詭異地沉默了一瞬間，站在一側的大川偷偷深吸一口氣，不識趣地開玩笑道：「這仙女妹妹一來，整個院子都變香了。」那短褲女孩撇撇嘴不知罵了他一句什麼。

司羽從頭到尾都沒說話，似乎在思考為什麼這女孩不是大川的女朋友卻出現在這裡。同樣一直沒說話的安潯也在思考，為什麼她家的私人別墅會出現這麼多陌生人。

「司羽，這位是？」大川以為安潯是司羽的朋友。

司羽搖了搖頭，看向安潯。

安潯倒是鎮定，居高臨下地瞥了那女孩的涼鞋一眼後，抬腳將手中的高跟鞋穿上，整個人越發顯得修長，氣勢彷彿強了三分：「我打個電話。」

安潯從包包裡掏出關機許久的手機，按了開機鍵，也不管嗡嗡直響的簡訊提示音，直接撥打了長生伯的電話號碼。電話很快接通，聽聲音是個年輕男人。

「我找長生伯。」安潯說。

『我爸不在家。您哪位？有什麼事可以跟我說。』電話那頭的人說。

安潯看了司羽一眼，心想自己真是糊塗了，竟然以為這人是長生伯的那個聒噪小兒子。

「我是安潯，我到汀南了。」其實安潯大約猜到了現在是什麼情況，只是她不太相信長生伯會私自做出這樣的事。

『安……安潯？』對方聽到她的名字很緊張，『妳來汀南了？在別墅？』

「剛到。」

『那個……我……我可以解釋，我……我馬上過去。』

安潯掛了電話，看向幾人：「可以讓我進去坐一下嗎？我開了很久的車，有點累。」

那些人面面相覷，不知道這漂亮女孩是怎麼理所當然地在他們租住的房子裡說出這番話。只有司羽，彷彿了然似的試探道：「妳家？」

安潯點了點頭。

其他人愣了片刻，也猜到了些許，大概是看管別墅的人私自把房子出租給遊客，而不巧主人在這個時候回來住，於是……就變成了現在這個情況。

有點尷尬。

「當然當然，妹妹您請便。」大川忙殷勤地幫安潯開門，邊開門邊說，「我們有付錢，付了好幾天呢。」

安澪確實累了。她何止是想進去坐一下，簡直想立刻衝上二樓臥室睡個昏天暗地，所以聽到這個大個子的話，並沒有說什麼。

安澪沉默不語地抬腳踏進屋裡，司羽紳士地將她的行李箱提起來。她低聲道謝，他微頷首，是個話很少的人。

「我喜歡她的行李箱。」另一個女孩小聲對那個短褲女孩說。

箱子看不出本來的顏色，上面滿是手繪圖案，色彩鮮豔、素材繁雜、天馬行空，說不出是什麼風格，看起來很有個性。

短褲女孩看了眼，噘嘴不說話。

大川等大家都進去後關門跟上。他悄悄對走在最後的司羽說：「這房東看起來人挺好的，沒發火，還禮貌地說要進去休息，我們應該不會被趕走吧？」

司羽把視線從行李箱上收回，慢悠悠地道：「不一定。」

長生伯的兒子叫阿倫，他騎著一輛電動摩托車，很快就來了。安澪看著這個拿著安全帽滿頭大汗的男人，終於和記憶裡的那個孩子重疊了——和小時候的樣子很像，不修邊幅，穿著寬大的背心短褲，紅潤的臉頰總是一副朝氣蓬勃的樣子，只是如今這種朝氣蓬勃中夾雜了幾分焦急和不安。

「安……小姐，我是阿倫。」阿倫想叫安潯，又怕多年不見生疏了，生硬地改成安小姐，模樣有些侷促。

安潯坐在客廳的沙發上，有些疲憊，勉強打起精神：「我當然認得你。」司羽轉頭看她，眼中閃過笑意，似乎詫異她怎麼能將這句話說得如此理直氣壯。安潯裝作沒察覺他的揶揄，心想他竟然知道自己剛剛認錯人了。

事情很簡單，就如眾人預料的一樣，房子確實是阿倫租出去的，因為長生伯生病了，急需用錢，阿倫瞞著父親出租了房子，沒想到第一次做壞事就被主人逮到……

「安潯，妳能不能別告訴我爸，不然他非扒了我的皮不可。」阿倫見安潯還記得他，又沒有生氣的樣子，膽子也大了起來，稱呼也改了。

「長生伯生了什麼病？嚴重嗎？」安潯想去看看他。

「前陣子覺得噁心、嘔吐，心律不整，反反覆覆地進醫院花了不少錢，醫生懷疑是心臟的問題。汀南沒有什麼像樣的大醫院，所以前兩天我姐把我爸接到外縣市檢查去了，走的時候……走的時候，我給了他們一萬塊錢。我一個大男人，總不能讓我姐掏腰包啊！妳說是不是是……」阿倫說到最後又有些不好意思地看看安潯，突然想起什麼，跑到沙發轉角櫃旁，翻找出一冊小筆記本，拿給安潯看。

阿倫急切地說：「他們五天的房租是六千塊，我記在本子上了，這是欠妳的，就是……就是可能晚一些才能還。」

安潯接過來看，上面寫著——房租六千，欠安潯。

安潯抬頭看向阿倫，見他臉又紅了起來，頓覺好笑：「雖然聽說員警的薪資不高，但也不至於像你這樣拮据吧？」

身為鶯歌灣派出所警察的阿倫一聽臉更紅了，結結巴巴地回答道：「之前那個……有點事。」

安潯不再多說，伸手從包包裡拿出一張卡給阿倫：「你把租金還給他們，如果有違約金也一併付了，再出去幫他們找其他住處。」

「蛤？這……妳要出錢啊？」阿倫看了看坐在那邊沙發上的幾人，再看向安潯，為難道，「好吧，這錢都算我的……等我存夠了一起還。」

「不用了，長生伯生病我也應該出分力的。」安潯說。

「不行，這太多了……」

兩人互相寒暄著，其他幾人卻都沒動。大川看著司羽，準備等他下決定，而司羽垂著眼眸不知道在想什麼。其餘幾個人雖然有些不情願搬走，但又覺得租金還給他們，再重新租地方住也挺划算的，顯然大川也這麼想。他見司羽沉默，於是自己做了決定：「走吧，去整理行李。」

大川說著便站了起來，其餘幾人剛準備起身，司羽慢悠悠地抬頭看向大川：「誰說我們要走？」

大川愣愣地看著他：「……蛤？」

司羽轉頭看向阿倫：「租房APP上寫著，違約金五倍。」

阿倫愣住，「咦？這麼多？」他立刻看向安潯，欲哭無淚，「安潯，我賠不起！」

安潯不以為意：「沒關係，算我的，給他們。」她不想再糾纏，拿起行李準備上樓。

阿倫卻一臉為難，覺得是自己害安潯賠這麼多錢，太過意不去，即使她不在意。於是，他可憐兮兮地求司羽：「我出錢幫你們租個附近的別墅好不好？」

司羽看向準備離開的安潯，其餘人也都不說話，就等司羽回答。片刻後，待安潯投來疑惑的眼神，司羽才開口：「這裡房間很多，我們可以互不打擾，這樣誰也不會有損失，不是嗎？」

阿倫又一臉期待地看著安潯，畢竟這是最好的解決辦法，但是他不確定安潯會不會嫌吵。

安潯沒有立刻回答，似乎在思考這個提議的可行性。

「算了吧，司羽，人家都那樣說了……」穿短褲的女孩莫名地對安潯帶有些敵意，見安潯如此越發覺得沒面子，昂著頭起身上樓，準備收拾東西離開。

安潯看向那個耍脾氣的女孩，慢悠悠地垂眸看了她的腳一眼：「別忘了把拖鞋留下，那是我的。」

阿倫見安潯不高興了，眼珠一轉，故意揚聲道：「呀，這不是夫人生前親手為妳做的鞋子嗎？別人穿了她會不會很生氣？」阿倫雖然是故意嚇唬那女孩，但他說的卻也是事實。當年安潯的母親跟著照顧她的少數民族阿姨學了好幾天，然後一針一線繡出來的，那時候安潯喜歡得不得了。

女孩聽他這麼一說臉都嚇白了，慌忙把鞋脫了，也不敢去拿，眼眶一紅轉身跑上了樓。

穿短褲的女孩叫趙靜雅，和其餘幾個人一樣，是大川大學時期的同學。趁著留學東京的大川回國度假，大家相約一起出來玩，沒想到幾年沒見，趙靜雅還是老樣子，有些小姐脾氣。大川有點尷尬，抓抓頭：「那個……對不起啊，她……我們不知道她穿的是妳的鞋。」

「沒關係。」安潯淡淡道。

司羽突然問阿倫：「這房子左右兩戶租出去了嗎？」

阿倫以為司羽想租，忙搖頭：「沒有，剛才過來的時候看到大門關著，還上了鎖。」

「那她一個女孩子獨自住在這裡不安全吧。」司羽說著，看向安潯。

阿倫愣了愣，原來是這個意思，立刻點頭道：「確實是。」

安潯也想到了這件事，然後又想到他們買的食材，於是看向廚房：「你們要是嫌麻煩，就住下吧，租金免了，平時做飯算我一份可以嗎？」

大川高興地說：「當然可以！」

安潯對阿倫示意一下：「幫個忙。」說著她抬腳上樓。

阿倫了然，伸手提起行李箱跟在她身後上樓，邊走還邊抱怨：「我可是警察啊，公僕，懂嗎？可不是妳的傭人，妳怎麼能這麼理直氣壯地使喚我？」

「欠我錢的人閉嘴。」安潯頭也不回地說道。

阿倫乖乖閉嘴，隱約覺得這個大小姐好像比小時候更難伺候。

樓下幾人目送他們上樓後，大川最先吐了口氣：「這人怎麼說變就變，要走要留都這麼隨興嗎？」

「有錢任性。」另一個人說。

那個短髮女孩看著安潯離開的方向若有所思：「我總覺得她的名字好耳熟，不會是哪個明星吧？」

「那孫晴妳趕快去要個簽名啊，賣給她的粉絲還能小賺一筆。」大川說。

「住人家家裡已經夠不好意思了，你還想消費人家。」名叫孫晴的短髮女孩瞪了大川一眼。

「江湖兒女不拘小節，四海之內皆朋友。」

幾個人正在開著玩笑，趙靜雅提著行李氣呼呼地從樓梯上走下來：「你們為什麼不去收拾東西啊？人家都趕我們走了！」

「消氣、消氣，那女孩同意我們住這裡了。」孫晴走過去拉住趙靜雅，悄悄在她耳邊說，「司羽就在那邊。妳不是喜歡他嗎？別讓他覺得妳大小姐脾氣！」

趙靜雅看了司羽一眼，半晌才不情願地說了句：「知道了，可是我不想住這裡。」

孫晴笑道：「覺得那安小姐太漂亮了？」

趙靜雅撇撇嘴：「還好，一般般。」

「我第一天認識妳嗎？別氣了，快去把握機會。」孫晴將趙靜雅推向司羽的方向，朝她眨了眨眼睛。

司羽正在欣賞掛在牆上的畫，認真又專注。趙靜雅走到他身邊，也跟著看了兩眼。這房子裡到處都掛著畫，無非是些樹木、河流、房子和花草，她覺得沒什麼好看的，和美術課本上的差不多。趙靜雅見自己站了半天司羽也沒注意到，便主動開口問道：「這些叫什麼？靜物寫生嗎？」

司羽轉頭看她一眼：「或者可以稱作印象派。」

趙靜雅立刻說：「想不到你對畫作也有研究！」

司羽盯著其中一幅肖像畫出神，半晌才慢慢回答：「只了解一點。」

趙靜雅覺得自己就要迷失在司羽的風采裡了——他悠悠站在油畫前，渾然天成的氣質和讓人無法忽略的俊美相貌。她十分確定，自己為他神魂顛倒。

「大川說你是東京大學醫學系的研究生。」趙靜雅收回思緒，嬌聲問。

「嗯。」司羽已經走到下一幅畫前。

「那你怎麼會和念東南亞文化研究的大川認識？」趙靜雅遇見司羽完全是在意料之外，來汀南之前，她從沒想過這趟旅行會讓她如此心動。

「一起打過工，相處久了就變成朋友。」司羽朝她笑笑，笑容還來不及收回，視線便被樓梯上的人吸引過去，是安潯和阿倫。

安潯跟在阿倫後面下來。她已經脫了高跟鞋，再次光著腳。不似阿倫走得虎虎生風，她踩在地毯上幾乎沒有聲響，長裙晃動，只有白皙腳踝上細細的鍊子發出細微的響動。一時間樓下幾個人靜默不語，全都仰頭看著她。

眾人想：或許她真的是明星，都說明星和素人之間有道鴻溝，這女孩就是活生生的證明。

阿倫幾步跳到樓下，仔細地打量了一下司羽後嘟囔道：「我們這裡就沒有像樣的醫學院嗎？非要跑到日本學醫，我爸最討厭日本了。」

安潯在後面笑了起來。

大川也是東京大學的，雖然念的科系不像司羽的那麼厲害，但也是堂堂研究生。他忙辯解道：「阿倫，現在已經是和平時代了，再說，學術無國界。」

司羽也笑了，並沒有因為阿倫的言論而有所不滿：「阿倫，你可以讓你父親檢查一下腎臟。」

「啊？」阿倫一愣。

「你不是說他噁心、嘔吐，心律不整嗎？」

「啊……對。是因為腎嗎？」

「或許是。」

「謝謝啊。」

在安潯一再保證絕對不會把阿倫私自出租別墅的事告訴長生伯之後，阿倫才千恩萬謝地離開。安潯關上門回來，對幾人說：「今晚不用叫我吃飯了，祝你們有個愉快的晚餐。」

安潯抬腳上樓，走了兩步後慢慢停下來，回頭看向站在畫前的司羽：「你覺得這些畫怎麼樣？」

司羽挑了挑眉梢，頓了一下說道：「略顯生澀。」

安潯無辜地眨眨眼。

司羽回頭看畫，繼續說：「我挺喜歡。」

「你不是說生澀嗎？」大川奇怪地看他一眼，又看向畫，沒看出什麼，只覺得是自己畫不出來的水準。

「但很有靈性。」司羽解釋說。

大川更茫然了。

安潯勾了勾嘴角，什麼也沒說，飄飄然上樓去了。

晚餐是大家一起做的，司羽卻沒有參加，像下午一樣戴著耳機坐到黃椰子樹下閉目養神。其他人並不覺得司羽不合群，相反地，大川這些同學都對這個剛認識一天的司羽印象非常好。

趙靜雅自告奮勇去叫司羽吃飯，其餘幾個人各自交換著眼神。求學時期有很多男生追求的趙靜雅，她漂亮、高傲又眼高於頂，對別人總是愛理不理的，誰想得到她也會有這麼主動的時候。

飯桌上，大家熱絡地聊著天，只有司羽安靜地吃著東西，餐桌禮儀非常好。直到聊起第二天要去森林公園的行程，大川才想起要問司羽車子的事：「你那越野車能載幾個人？」

「五個。」司羽說。

他們一行六個人，正好多一個，而且還有兩個女生，不好和男生擠在一起。大川想了想說：「只能碰碰運氣看能不能叫到計程車。」

「司羽那車挺炫的啊。」有人說。

司羽用紙巾擦了擦手，抬眼看向那人，說道：「我哥的車。他說開長途，那車坐起來比較舒服。」

「你還有哥哥啊？沒聽你說過呀。」大川說。

司羽拿起水杯喝水，沒做任何回應。大川也不在意，轉頭又去和別人聊天。車子和女人似乎是男人不敗的話題，聊完車子後，不知道是誰將話題引到安潯身上。大川對安潯印象很好，喝了些酒的他笑瞇瞇地說：「我要是沒女朋友就追她。」

「你就說說吧，那 level 的你駕馭不了。」有人立刻潑冷水。

大家哄笑，大川不服氣地說：「我可是東京大學的高材生。」

「人家司羽也是啊。」趙靜雅說。

他們總是動不動就把話題扯到司羽身上。司羽垂眸不知道在想什麼，忽然意識到大家都看著自己，才不慌不忙道：「我沒女朋友。」

大川立刻痛心疾首道：「學校裡喜歡你的女生從東京能排到北京，你連正眼都不瞧一下，你沒女朋友要怪誰？」

趙靜雅眼睛發亮地看著司羽。知道他沒有女朋友，她非常高興，隨即驕傲地說道：「我在學校的時候也是這樣。」

大川直搖頭：「追妳的男生頂多從教室前門排到後門，還是做收音機體操的那種站法。」

說完大家都笑了，趙靜雅不開心地瞪了大川好幾眼。在歡笑聲中，孫晴看了司羽一眼，女人的第六感讓她覺得司羽那句話很值得深究，甚至有一瞬間閃過趙靜雅注定要單相思的念頭……

安溽是餓醒的。她已經兩天沒好好吃飯了，醒來的瞬間還有些茫然，愣了半晌才想起來自己在哪裡。

臥室裡並不黑，庭院的燈光透過窗簾照射進來，映得房間裡朦朧暖黃。外面靜悄悄的，想來大家都睡了，她打開手機，時間顯示為一月二日兩點三十分。

安溽在家裡不太喜歡穿鞋子。當年她母親管不了她，索性讓人用地毯鋪滿房子的每個角落，這越發縱容她光著腳亂跑了。

安溽將手機放到睡衣口袋，光腳下床，打開臥室門，走廊和樓下大廳都靜悄悄的。院裡隱隱約約的燈光和月光照射進來，所以她沒有開燈。樓下廚房整理得很乾淨，安溽翻找了半天一無所獲，終於領悟到，這些人是一粒米也沒剩下，後悔自己睡前沒有多交代一句。幸好最後在櫥櫃裡發現一碗泡麵，安溽嘆口氣，看來又得隨便應付一餐了。

熟悉的手機鈴聲在寂靜的夜裡突然響起，把安溽嚇了一跳。她以為這個時間不會有人再打電話來才敢開機，沒想到有人這麼執著，半夜不睡覺也要打手機給她。

安溽小心翼翼地拿出手機，見到螢幕上跳動著安非那張笑臉才鬆了口氣，輕快地伸手按下接聽鍵，順道點了擴音，轉身開始拆泡麵包裝。

電話那頭的人似乎不太相信自己竟然打通了，猶豫地道：『通了？安溽？』

「是我，安非。」安潯正在用水壺接水，聽到安非的聲音從手機裡傳來，她隨意地應著。

『我靠！安潯！』傳來安非驚訝的聲音。

「是我，安非。」安潯淡定地應道。

安非比安潯小一個月，是她異父異母的弟弟。

安潯的母親身體一直不好，小時候每到入冬，她就要陪著母親來到四季如夏的汀南，一直住到第二年北方春暖花開再回去。即使這樣，母親還是在她十歲那年因病過世了。

安非原名程非，在安潯十四歲那年隨著他的母親來到安家，重組的四口之家竟然十分和諧。十八歲那年，兩人一起考上大學，安潯改口叫琴姨為媽媽，程非改名叫安非。

『安潯，妳還活著！我太驚訝了。媽還以為妳被綁架了，差點哭暈，清醒後就吵著要報警，幸好我還有一絲理智，攔住了她。』安非憤憤地說。

「哭暈？你是不是太誇張了？」

『反正哭了，妳就是個坑媽魔人！』

「是你跟我說要勇於追求真愛的。」安潯一臉無辜地邊撕著調味包邊說。

安非一聽她毫無悔過之意，怒道：『我說的真愛是易白哥，我怕妳有婚前恐懼症，我在鼓勵妳。妳那腦袋瓜是怎麼想的，竟然直接跑路！』

安非覺得自己真是敗給她了。

安潯依舊覺得無辜：「可是我不喜歡他啊。」

『安潯，妳告訴我，妳是不是外面有男人了？』安非的聲音從手機裡傳來，在寂靜的夜裡聽得格外清晰，『妳可要想清楚了，易白可是顏好腿長又有錢的典型代表，妳真要把他甩了？』

安潯撇嘴，心想自己今天可是隨隨便便就碰到了顏更好、腿更長的呢：「想得非常清楚，甩了。還有，我外面的男人……不是你嗎？」

安非嚇得差點手機都掉了：『妳小聲點，讓爸聽到非揍死我不可。不是我說，妳媽還真瞎，什麼年代了，還和人指腹為婚；易白他媽更瞎，說什麼一諾千金；易白哥更扯，外面那麼多妹……咳……我什麼也沒說，妳什麼也沒聽到。』

安潯並不在意易白的妹子們，反而更擔心家裡：「安非，易家有沒有為難爸？」

『暫時還沒說什麼，易白哥也沒說什麼，總之大家臉色都很臭就是了。妳都已經這麼瀟脫地跑了就先別回來，避避風頭。欸，對了，妳在哪？』

「在汀南。」安潯繼續和那怎麼都撕不開的調味包作戰，說完又覺得不放心，拿起手機惡狠狠地警告安非，「你要是告訴別人，我就說我是因為和你私訂終身才逃婚的！」

『什麼？』

「還懷孕了。」

『我靠！安潯，妳也太缺德了吧！』隨即是『嘟嘟嘟』的一陣斷線音。

安潯抿嘴笑了起來，小屁孩還是這麼開不起玩笑。

這時水燒開了，安潯轉身拿水才發現門口不知何時站了一個人，嚇得差點把手裡的泡麵扔了。那人見她反應這麼大，竟輕輕笑了起來。安潯認清楚來人，將麵放到流理檯上，歪頭疑惑道：「你是認床睡不著嗎？」

司羽雙臂環胸，靠在廚房門框上，似笑非笑地說：「怎麼不說是你們講電話太大聲？」

安非的說話聲音確實有點大，安潯伸手將熱水倒進泡麵碗裡，轉頭問他：「請你吃泡麵當作補償怎麼樣？」

司羽看著她，一時間沒有說話。安潯依舊光著腳，穿著吊帶睡衣，睡衣長度堪堪蓋住腿根，不算十分暴露卻也絕對稱不上保守；長髮俐落地綰在頭頂，一張精緻的素顏毫不掩飾，在明亮的燈光下，肌膚白皙清透，眉眼盈盈炯炯。

安潯見他不說話，手指輕輕敲著泡麵碗：「嫌棄？」

司羽抬腳走進廚房，拿起流理檯上安潯放棄的調味包，替她撕開：「妳是餓醒的？」

安潯點頭，接過調味包擠到麵裡：「說實話，若不是快餓昏了，我真不想吃泡麵。」

司羽看她蹙眉無奈的樣子，伸手拿過泡麵放到一邊：「等我一下。」說著他走了出去。

夜晚的汀南還是有些涼意，安潯披著毯子坐在廚房的高腳椅上。流理檯上的泡麵散發出陣陣香氣，她有點忍不住了。她也不知道自己是怎麼想的，餓成這樣竟然還乖乖聽話地等他，雖然等什麼她不知道，但想來應該不會比泡麵差。

好在司羽沒有讓人失望。

他拿著一小籃菜回來，安潯驚訝地問他：「哪裡來的？」

「妳家後院種了很多菜，妳不知道嗎？」司羽已經開始洗手了。

安潯經他提醒才想起來，長生伯確實喜歡自己種菜吃。

洗菜、切菜、翻炒，一連串動作他做得不疾不徐，安潯坐在流理檯另一側撐著下巴乖乖等待，側臉看過去，眼前是他修長白皙的手指，心臟外科醫學碩士靈活穩健的手指，在幽靜的夜裡竟然在……為她煮飯。

而他們認識還不到十個小時。

尤其他看起來像是君子遠庖廚的類型，感覺很奇妙。

她會逃婚本就不在計畫之中，之後的一切都充滿了變數，包括這莫名的緣分。也許相遇的時機太好，所以她並不怎麼抗拒。

因為食材有限，他只做了一盤蒜苗炒雞蛋，一盤堅果炒西洋芹和一碗蒸蛋。堅果是他回房間拿來的堅果零食，他還拿了兩小包類似餅乾的東西，撕開包裝拿出圓餅擺到蒸蛋上。這麼短的時間，他竟然做到了色香味俱全。

安潯挑眉看著從容自若的男人，心想：學到了。

安潯手指有些癢，想把剛才那一幕畫下來。她印象中燒菜應該是火急火燎的，是胖大廚在煙霧中叮叮噹噹地油星亂飛。可司羽，全程優雅從容，甚至安靜。

原來燒菜也可以這麼賞心悅目。

安潯將視線放到食物上，仔細看了看蒸蛋上的小圓餅，有些意外：「佛卡夏？」

佛卡夏是義大利人喜歡的一種麵包，經常拿來當早餐。

司羽將菜端到餐廳，回頭看她：「很少有人知道。」

安潯端著那碗蒸蛋跟在後面，邊走邊吃：「我這頓早餐未免吃得有點太早了。」

司羽把菜放到餐桌上，擺好筷子。安潯將目光從他手腕上戴著的手錶移開，坐進他拉開的椅子，抬頭看他：「謝謝。一起吃？」

司羽並沒有坐下，只是居高臨下、似笑非笑地看著她。餐廳的燈沒有全開，昏黃的光線讓氛圍有些溫暖，背光的他面容不甚清晰，只餘一雙漆黑的眸子熠熠生輝，像是將汀南的星空都裝了進去。

「如果妳不打電話的話，我就回去睡覺了。」低沉溫和的聲音在萬籟俱寂的夜晚響起，竟生出絲絲漣漪。安潯低著頭，只「哦」了一聲，聽不出任何起伏。

隨後她便聽到漸漸遠離的腳步聲。

安潯轉頭目送那道頎長的背影上樓，再次注意到他手上的那支手錶，拿出手機傳訊息給安非：『你想要的那款限量手錶，我看到有人戴了。』

司羽的廚藝很好，兩盤菜清香鮮嫩，蒸蛋也香潤嫩滑。如果他沒走開，她一定不會吝嗇誇獎之詞。

而他似乎並不在乎她的稱讚。

安潯吃完飯，慢悠悠地洗著盤子。美食果然讓人滿足，她早已睡意全消。

院子裡的燈晚上是不關的。她坐到白天司羽坐的地方，掏出手機想打個電話給助理，卻發現安非回了訊息：『萬錶？水貨吧，那款國內沒有幾支。』

想想也是，安非和他那些富二代、三代的狐朋狗友們都沒人搞到一個，安潯沒再回他，撥了助理的電話。

『大半夜擾人清夢有沒有道德呀？』助理小姐聲音沙啞有氣無力地說。

「我發現有人做菜比妳做的好吃多了。竇苗，我有預感妳要失業了。」安潯說。

『謝天謝地，我終於不用忍受隨時隨地、隨心所欲打電話來的慣老闆了。』竇苗惡狠狠地說完似乎才完全清醒過來，『等等，老闆？哎呀大小姐，我這兩天被媒體圍追堵截，妳知道我有多痛苦嗎？他們一直問我訂婚宴上逃婚，甩了易和企業小開的是不是妳。我說，我們家安潯單身狗一隻，哪有那個機會？再說，也不是訂婚宴當天跑的啊，明明是前一天突然被雷劈到就發神經了。安潯，妳做事之前能不能想想自己的身分，妳還以為自己只是個普通大學生嗎？』

安潯沒打斷她的喋喋不休，也知道她會處理妥當。這些事情安潯都不需要擔心，只是總歸要讓她發洩抱怨一下。

竇苗說完才意識到安潯半天沒說話了：『人呢？誰做飯比我好吃？』

安潯像是沒聽見她之前的那些吐槽一般：「竇苗，妳說半夜三點多起床為妳做飯的男人是什麼意思？」

竇苗聽她這麼一說，再想到之前那句，頓時明白了三分：『老闆，如果有男人這個時間起床做飯給妳吃，不是想泡妳就是想上妳。』

安潯想笑，想來那人頂多是倒楣被吵醒，再者就是為留宿的事感謝自己吧。電話那頭竇苗還在說：『他可能還會深情款款地看妳吃完，飯後再來個小甜點之類的驚喜，享受妳的喜悅感動之餘，提出一些非分的要求，而妳已經在他的溫柔攻勢下放下心防……欸？不是，這個時間妳怎麼會和男人在一起？妳爸還是妳弟？他們兩個就不算數了。』

「什麼深情款款什麼甜點都沒有，他做完飯就轉身上樓睡覺去了。」安潯覺得問錯人了。

『蛤？這不合常理啊！他大半夜起來做了頓飯給妳吃，然後不等妳的讚美感動、投懷送抱就走了？這人有病吧……』

安潯不打算和她聊下去：「竇苗，妳說妳閱男無數一定是騙我的。」

大川他們下樓的時候是早晨七點，安潯正在院子裡拉著一根管子為那些花草樹木澆水，身上穿的還是凌晨起床的那件睡衣，只是腳上多了雙拖鞋，之前披著的毯子則搭在不遠處的藤椅上。

大川幾人商量著出去吃個早餐，然後就去森林公園，結果剛出門就看到這幅畫面：一個高挑纖細的美人站在漫天水霧裡，陽光照射在她身上，裸露在外的肌膚亮白細嫩；她一手舉著噴水的管子，一手整理著額前碎髮，姿態從容慵懶。

一時間幾個人都愣在那裡，趙靜雅更是氣到不行，轉身氣呼呼地對孫晴說：「她這是要勾引誰呢？」

孫晴用力拉了一下趙靜雅，看了站在眾人後面的司羽一眼，示意她小點聲。

安潯也注意到來人，沒想到他們會起得這麼早。她還沒反應過來，司羽已經拿起藤椅上的毯子披到她肩上，白皙的手臂、修長的雙腿立刻被毯子遮住。其他人回過神，轉頭輕咳。

安潯關了水龍頭，拉了拉身上的毯子，對司羽道謝。

趙靜雅大步走過來，一臉不滿，瞥了安潯一眼後繼續向門外走去，朝著司羽道：「司羽，我們走吧。」

司羽沒動，只是問安潯：「我們要去吃早餐，一起嗎？」安潯不餓，而且他們這麼多人，於是搖頭：「不了。」

她的回答似乎早在司羽的預料之中，他們沒再停留，陸續走出院子。

門口那輛紅色牧馬人一如昨日安靜地停在那裡，只是旁邊多出了一輛大傢伙。大川嘖嘖說道：「昨天還以為是哪個遊客臨時停過來的車呢，現在看來是裡面那妹子的。」

有人感嘆：「好威風的切諾基吉普車。」

趙靜雅輕哼一聲，嘀咕著：「哪有女人開這種車，男人送的吧。」一時間沒人接話，眾人都安靜下來。

過了一下子，有人打破沉默：「這邊都是私家車，很難招到計程車吧，叫車的話可能要等很久，不如借一下她的車？」

「不好吧？才認識一天就借車……」

「她看起來挺好說話的。」

「好說話不等於傻啊。」

「問問又不會少塊肉。」

「那就司羽去，這麼個大帥哥在美女面前肯定好說話。」

司羽轉頭看向他們。

趙靜雅卻急了：「我和孫晴去，女生和女生更好說話。」說著她也不管別人，拉著孫晴又進了院子。

安潯已經收好管子進屋了，孫晴站在門口，有些猶豫地對準備開門進去的趙靜雅說，「我覺得司羽來說更好，畢竟……」她心中糾結一下用語，接著說，「畢竟司羽看起來和安小姐稍微熟一點。」

趙靜雅皺眉：「哪裡熟了？我怎麼沒看出來。」

孫晴猶豫著要不要把昨晚自己看到兩人在廚房的事告訴趙靜雅，只聽趙靜雅繼續嘀咕道：「不借更好，免得他們幾個鬼迷心竅似的張口閉口都是『女神』，正好讓他們看看這女人有多高傲無禮。」

趙靜雅確實挺討厭安潯的，討厭司羽和她說話的神情，討厭她高人一等的模樣，尤其討厭那些男人總是偷瞄她的樣子，原本自己才應該是眾人的焦點，從小就是如此。

孫晴不再說什麼，隨著趙靜雅走了進去。

安潯正窩在沙發上打電話，姿態閒適，音調婉轉：「哪個大老闆啊？也不問我願不願意賣。最討厭這些滿身銅臭味的老頭子了，他們懂我嗎？就買買買的。」

她沒注意到門口進來的兩人，更看不到孫晴瞬間一臉尷尬以及趙靜雅鄙夷的冷笑：「真不要臉，就差沒有明碼標價了！」

孫晴再次示意她小聲一點。安潯聽到動靜，回頭看是她們，轉頭對著電話說了兩句便掛斷了。

兩人說明了來意，孫晴還是客客氣氣的，趙靜雅倒是從進來後就一句話也沒說，似乎覺得多說一句都會降低自己的格調，一直昂著下巴，也不看人。

安潯當作沒看到，趙靜雅似乎比她還要大上幾歲，卻像個幼稚的小女孩。她並不和這種人一般見識，只對孫晴說：「如果妳願意等我一下，我可以送你們過去，正好我也想去那邊轉轉。」

孫晴驚喜地點頭，因為她本來沒抱什麼希望：「當然可以，謝謝妳。」

等安潯上樓後，趙靜雅氣呼呼地隨著孫晴一起出去：「她幹什麼這麼積極？剛才問她吃不吃飯還擺架子說不去，這才問一句就立刻跟來了，她幹什麼呀？」

孫晴嘆了口氣：「人家肯幫忙，我們應該謝謝她。再說，我們這些人，不是剛畢業，就是窮學生，妳覺得她這樣的女孩會看上哪個？別擔心啦。」

趙靜雅撇了撇嘴：「也是，她跟的都是大老闆之類的……但也比不上司羽帥，還是高材生，雖然現在半工半讀，但絕對是潛力股！」

孫晴笑她：「這是妳心裡的想法吧？我看妳有點色迷心竅。」

安潯很快出來，換了件長裙，拿了個包包，長髮披肩，粉黛未施。

大川雙眼發亮，誇張地拉住旁邊人的手臂晃啊晃，說：「好美！我要分手。」

旁邊的人潑冷水：「分手只會讓你少一個女友而不會多一個。」大川氣呼呼地罵人，司羽被逗笑，低笑了一聲。

安潯拉開車門，俐落地坐到駕駛座，看向他們：「去哪裡吃飯？」

「這邊妳熟，妳說去哪裡我們就去哪裡，妳想吃什麼我就請什麼。」大川樂呵呵地回答。說著大川就要上她的車，誰知其他兩個男生搶先他一步，坐好後還鎖上車門。大川不好做得太過明顯，瞪了兩人一眼，悻悻地隨著趙靜雅和孫晴上了司羽的那輛牧馬人。

不久，安潯將車子停在沈洲飯店門口，大川後悔得差點打自己嘴巴，吹什麼牛皮，吹爆了吧！

安潯將車鑰匙交給泊車小弟，回頭詢問：「這裡可以嗎？」

其他人都一副看好戲的表情看著大川，大川硬著頭皮、顫著嗓音回答：「可……以……啊……」

見他如此，安潯笑起來：「你們是客人，所以我請吧。」

大川還沒說話，趙靜雅已經滿臉不高興，嘀咕著對孫晴說：「吃個早餐用得著這麼浮誇嗎？知道她有錢，炫耀什麼啊！」

安潯側頭看著趙靜雅：「妳可以不吃。」

「不，美女妳別生氣，我們這是過意不去啊！住妳家，坐妳的車，還讓妳請吃飯，這多不好啊，太不好意思了！」大川唯恐安潯不高興，慌忙打圓場，還趁隙瞪了趙靜雅一眼，要她別亂說話。

安潯「哦」了一聲，無所謂地說：「既然不好意思，那還是你來請吧。」

大川的臉又垮了，心想：這女人怎麼這麼拜金？在這裡吃一頓，他錢包得縮水成什麼樣子，而且她怎麼就聽不出自己是在客套呢！

「走吧，我請。」司羽拍了拍大川以示安慰，然後轉頭看向安潯，笑道，「說好了做飯要算妳一份的。」

安潯挑挑眉梢，率先走了進去。

大川趕緊跟上，對司羽說：「兄弟，這可是沈洲啊，我們還這麼多人，你錢帶夠了嗎？要是餐廳把我們留下來洗盤子可就丟臉丟大了。」

「所以等一下你少吃點。」司羽說。大川無語。

「和我家樓下的包子店果然不一樣。」大川吃著法式吐司和草莓鬆餅，完全忘了這頓飯是司羽請客，而且剛才還告訴他要少吃點。

「沈洲果然是沈洲，」其中一人感嘆，「看這些餐具，都是鑲金邊的，不愧是江南沈家。」

「什麼沈家？」孫晴對此不太了解。

那人見孫晴不知道，頓時起了興致：「據說清朝時沈家在江南就是富甲一方的豪門大族，後來軍閥混戰，他們整個家族轉移到香港，還有一部分到英美，直到二十世紀戰爭結束沈家才又回國。因為家底豐厚，又在國外有一定的經濟基礎，所以沈家幾乎沒花幾年時間，就在沿海地區建立起房地產、飯店、海運和航空等產業。」

孫晴感嘆道：「好厲害啊。」

就連總是對別人不屑一顧的趙靜雅都饒有興趣地聽著。

「這還只是在國內，他們家族有一部分人在國外待了近百年，不比在國內差。」在國內，像這樣沒被歷史洪流沖擊破碎的豪門大族已經不多見了。

趙靜雅忍不住問：「怎麼都沒聽說過？」

「沈家一向低調，最近這些年涉足房地產才為人所知，前幾年又新上任了一個年輕總裁，話題多了，曝光也才多了點。」

「沈家有沒有女兒？漂不漂亮？嫁人了沒？你看我行嗎？」大川把臉湊過去，毛遂自薦。話才說完就被人推了回來，懶得理他。

「沈家現在主事的好像只有一個兒子，叫沈什麼南，據說才二十六歲，是個商業奇才，就是沈洲集團的新任總裁。」

眾人不禁詫異，這麼年輕就掌管這麼大的商業帝國，真是上天特別眷顧啊？

「沒女兒，兒子也行啊！」大川秀下限。眾人嫌棄地將他趕到另一桌。沈家畢竟離他們太遙遠，幾人感慨一番便終止了這個話題。

有人見司羽和安潯始終沒有加入話題，開玩笑道：「司羽本來話就少得可憐，安小姐竟然也不說話，你們兩個要是在一起能悶死一頭驢。」

兩人同時抬頭，視線在空中相撞。司羽眼神玩味，安潯則淡定轉頭道：「沈司南。」

「嗯？」眾人不解。

「你們剛才說的，沈洲集團亞太區新任總裁，叫沈司南。」安潯說。

「妳怎麼知道？認識？」趙靜雅話中有話，「安小姐果然只想認識大老闆。」

安潯轉頭看她，不明白她這滿是嘲諷的語氣是什麼意思，道：「妳要是想認識，我可以幫妳介紹。」

完了，火藥味又起來了。趙靜雅臉一紅，覺得安潯在羞辱自己。

孫晴趕緊拉住要發作的趙靜雅，有些尷尬又生硬地轉移話題：「如果大家吃完了，我們就早點去森林公園吧，太晚的話恐怕會趕不上看表演節目。」

其他人嗯嗯啊啊地點頭，也不敢說話，只覺得趙靜雅這兩天有點不正常，一身怨氣。

司羽抬手叫來服務生，遞給他一張卡：「結帳。」服務生拿著卡畢恭畢敬地離開。

司羽用餐巾擦了擦嘴，抬眼看向安潯，貌似無意地問道：「妳認識沈司南？」

安潯轉了轉眼珠表情認真地道：「如果我說認識，他們會不會打折？」

大川嘴裡塞滿食物，呵呵呵地笑起來：「有意思。」

司羽也笑道：「首先妳要說服他們相信妳。」

安潯聳聳肩：「那就沒辦法了。」

司羽不再說話，只覺得這女孩心眼真多，繞來繞去結果還是沒回答他的問題。

服務生不是自己回來的，而是誠惶誠恐地帶著飯店經理走了過來，經理身後還跟著幾個人。他們匆忙趕來，顯得浩浩蕩蕩。一時間坐著的幾個人都不敢動，以為出了什麼問題。

司羽接過經理雙手遞過來的卡和單子，簽了名，遞回時禮貌地說道：「早餐不錯。」

經理點頭如搗蒜，笑容滿面地說：「您喜歡就好。」

司羽不再說什麼，轉身要走。經理連忙又說：「不知道先生要不要住飯店，我好先讓人準備。」

「不用，我們只是路過進來吃個早餐。」司羽說完不等那經理回話，抬腳便向外走去。

「歡迎再次光臨。」經理邊喊邊低頭鞠躬，他身後的人也跟著一起鞠躬。

西裝革履的人整齊劃一地彎腰低頭，那場面還真是隆重。這莫名的熱情搞得幾個人一頭霧水，出了大門大川才敢說話。他呼了口氣小聲道：「五星級飯店果然不一樣，吃個飯還這麼大陣仗地歡送我們。」

「可能是為了吸引我們住飯店吧。」孫晴說。

「現在飯店都這樣，還是只有沈洲？經理用得著這麼屈尊降貴地挽留幾個吃早餐的人？」有人提出質疑。

「可能是為了業績。唉，現在做什麼都不容易啊！」大川搖頭感嘆道。

安潯看了沉默的司羽一眼，心想：自己以前也常在這裡吃飯，卻連經理的影子都沒見過，更別說被這麼多人熱情相送了。

司羽察覺到安潯的目光，看向她：「怎麼了？」

安潯開玩笑道：「我還以為你的手錶是仿冒品。」

司羽看了看自己的錶，無辜挑眉，笑說：「那多沒意思。」

安潯心想：是我被安非誤導了。

第二章　碧波風起

從沈洲飯店到森林公園約有半個小時車程，全程走濱海公路。藍天白雲，海天一線，漫無邊際。安潯車裡的兩個人本來還一直找話聊天，後來見安潯話少，外面景色又這麼美，乾脆閉上嘴巴，降下車窗吹著海風，一時間好不愜意。

另一輛車裡就沒這麼安靜了，趙靜雅難得有機會靠司羽這麼近，所以整個人有點興奮。她極盡可能地表現自己，先是一直跟孫晴說這說那，然後又跟大川聊學校裡的趣事。她以為司羽總會聊個幾句，可全程他只安靜地開車，對他們的話題或者說對她完全沒有興趣。

趙靜雅終於忍不住開口：「司羽，你還有多久畢業？」

司羽微微側頭回答道：「半年。」

趙靜雅眼睛一亮：「那你畢業就回國嗎？」

「對。」

「是不是要找醫院實習？」

「對。」

「大川說你也是春江人，我爸爸認識市中心醫院的主管，如果有需要，可以讓他幫忙說說，安排一下。」趙靜雅湊上前，眼睛眨啊眨地怔怔看著他的側臉，那期待的樣子好像求人辦事的是她似的。

可惜開車的人根本沒側頭看一眼，聽她說完只忍不住笑了一下：「暫時不需要。」

「為什麼？」趙靜雅見他笑了，心下一動，膽子也大了些，忙問，「不想去這家醫院嗎？這是最高等級的醫院呢。」

司羽淡淡「嗯」了一聲。

趙靜雅期待地等了半天，結果他只回了一個字便不再說話。她尷尬地看了看孫晴，孫晴聳聳肩，一副沒辦法的樣子。趙靜雅感到無力，他如此冷淡，根本聊不下去。

大川坐在副駕駛座，聽著他們的對話，隨即問道：「司羽，你不是沒有計畫的人，是不是已經有中意的醫院了？」

司羽見前面切諾基駕駛座的車窗開著，有幾縷髮絲穿過車窗肆無忌憚地飄揚在風中，自由灑脫，一如它的主人。他也將車窗降下來，溫和的海風吹著他額前的碎髮，絲絲搔癢像是要癢到心裡。他收回視線，漫不經心地回答大川的問題：「準備去聖諾頓。」

國內的醫療產業是一個壟斷的市場，公立醫院一家獨大，多少私立醫院處境淒涼，而春江的聖諾頓心臟外科醫院是極少數成功的私立醫院。不僅擁有世界上最先進的醫療設備，又有多位中外著名的心臟外科專家坐鎮，且從不以藥補醫，獲得諸多醫生和病人的信賴，其背後更有大財團的資助。這些年風風雨雨走來，聖諾頓心臟外科醫院早已成為春江乃至整個沿海地區最具權威的醫院。

能進入聖諾頓的醫生，都是萬裡挑一的。而且司羽說自己「準備去」聖諾頓，而不是「想去」聖諾頓。大川聽出他話中的意思，又是驚奇又是興奮。他一直覺得司羽非池中之物，果然沒看走眼。聖諾頓這樣的醫院，若沒有真才實學，拿多少錢走多少後門都別想進去。

大川還想聊聊聖諾頓的事，突然注意到前面切諾基上的兩個男同學正打開車窗吹海風，恨鐵不成鋼地碎念道：「那兩人真是『暴殄天物』，有那麼個大美人在身邊，竟然還有心思看風景……」

趙靜雅一聽立刻不爽了：「大川，你別忘了自己有女朋友了。」她本來在沈洲就憋了一肚子氣，沒想到自己的朋友們不站在自己這邊，還個個鬼迷心竅地為那女人著迷。

大川擺擺手，無所謂地說：「我又不能真的怎麼樣。愛美之心人皆有之。」

「什麼美啊？怎麼就美了？你們男人只會看外表。你知道她是做什麼的嗎？」趙靜雅急了，也不管矜不矜持、淑不淑女，語氣滿是譏諷與不屑，「剛才我和孫晴找她借車，她正在打電話，聽起來像是在談那種買賣，有人要出錢買她，她說最討厭那些老頭子。我看啊，她這種人的目標就是年輕又有錢的男人，就像她剛才說的沈司南，知道得這麼清楚，想來她覬覦很久了。」

「蛤？」大川愣住了，雖然他能聽懂繁複的碩士課程，但是他的腦子跟不上趙靜雅說話的速度以及她要表達的意思。

「蛤什麼蛤，你知道商務模特兒嗎？她一看就是啊，經常參加富豪趴的那種。」趙靜雅說得彷彿她親眼看到一樣。

「不會吧？不像啊？安潯看起來挺有氣質的，不像那種拜金女……」大川實在無法將安潯和商務模特兒聯想在一起。

「我看網路上說，她們一晚上能賺幾十萬。」趙靜雅說完才意識到自己表現得太像背後嚼舌根的八卦女。她偷瞄了司羽一眼，見他面無表情地開著車，心稍微放下了些，隨即換了語氣，補救道，「本來我也沒這麼想，主要還是聽到她打電話才確定的。」

「媽呀！」大川單純，雖然他不太相信安潯是那種人，但又覺得趙靜雅任性歸任性，卻不是胡亂編造這種話的人。他抓抓頭，看向司羽，「真是人不可貌相啊！是不是？」

司羽臉都沒側一下，說：「應該是誤會。」

趙靜雅見他不信，心裡一陣失望，卻還是爭辯道：「你剛才問她認不認識沈司南，她沒正面回答，因為她沒辦法解釋她怎麼會認識沈司南。」

司羽輕笑：「妳是以結論來合理化過程，偵探小姐，前提是，妳並不確定妳的結論是不是對的。」

趙靜雅提高音量：「我聽得一清二楚，難道還能有錯？孫晴也聽到了。」

孫晴猶猶豫豫地小聲說：「好像是靜雅說的那樣……」

趙靜雅昂起下巴：「是吧，不是我亂說。」

司羽不再說話，趙靜雅怔怔地看著他，期待他表態，但他對她的期待再次視而不見，很有種與她話不投機半句多的意思。她見大家都不說話，才後知後覺地發現自己剛才的表現實在過於急切，便有些不自在地伸手推了推大川：「你在做什麼？」

大川正拿著手機打著字，頭也不抬，道：「我和前面那兩人聊安潯。」

「他們怎麼說？」

大川看了看手機：「他們很驚訝，不太相信。」

趙靜雅心裡冷哼：膚淺的男人。

安潯看起來非常輕車熟路，車子開得很快，好在司羽開車技術也不差，不然還真的跟不上她。

他們抵達的時候停車場還有很多空位，但售票處已經排起了長龍。

「大家坐，這種差事當然我來做了，畢竟是陪我嘛。」大川叫他們幾個坐到不遠處的涼亭，自己則跑去排隊買票。

來汀南度假是大川的主意，因為他的暑假作業是研究東南亞文化與中國文化的相互影響。汀南沿海靠近東南亞各國，而且汀南的原始森林公園有很多來自東南亞的工作人員，這能提供他很多寶貴的素材。

司羽沒進涼亭，而是走到湖邊打電話。趙靜雅頻頻朝他的方向看去，只覺得他修長的身形和出眾的氣質太過耀眼，即使他沒做什麼，也非常引人注目。

坐安潯車的兩個男生從看到群組對話後就一直神情複雜地偷看安潯。趙靜雅還是那樣，揚著下巴不說話，以行動表示自己不屑與安潯這種人為伍的決心。孫晴一時間也找不到什麼話題，只能無言地坐在那裡。

涼亭內的氣氛十分尷尬，安潯倒是淡定自若地坐在木椅上，不知道是沒發現氣氛不對，還是無視他們四人，一隻手悠閒地把玩著自己的髮梢，一隻手滑著手機。

這種氣氛一直持續到大川匆匆忙忙地跑回來：「學生證半價呀！我忘了這件事了。」

他胡亂翻找著自己的背包，轉頭朝不遠處打電話的司羽喊道：「司羽，學生證給我。」

司羽掛了電話走過來，將學生證遞給大川。大川接過剛要走，卻發現另一隻纖細的手指捏著同樣標有 ISIC 的學生證伸到自己面前。

ISIC，國際學生證。

安潯舉著學生證，見大川呆呆地看著也不接，問道：「不是要學生證嗎？」

「安潯，妳也是留學生呀？」大川邊問還邊看向趙靜雅。趙靜雅滿臉驚訝，一副不敢置信的樣子。

安潯看了學生證一眼：「不是，我花錢買的。」

大川「蛤」了一聲，愣愣地看著安潯，走也不是，不走也不是，為難地問：「假的會不會被發現啊？」

安潯見他表情呆萌，忍不住笑起來。司羽對大川說：「去吧，她和你開玩笑的。」

大川「哦」了一聲，雖然心裡疑惑，但見排隊的人越來越多，不再多說，拿了學生證便飛奔出去，期間還差點撞到正向涼亭走來的一個女孩。那女孩也不在意，看都沒看其他人，只是閃動著亮晶晶的眼睛盯著安潯。安潯察覺到視線也看了過去，女孩像得到鼓勵一般，更加激動地直直走了過來。她站在安潯面前，有些緊張地問：「請問妳是安潯嗎？」

安潯倒是不太意外，點點頭：「是我。」

「天啊！」女孩驚喜地摀住嘴，「剛才聽到有人喊妳的名字我還以為聽錯了，後來越看越像，真的是妳！妳是我的偶像！」

女孩很可愛，激動起來小臉紅彤彤的。她見安潯友善，大著膽子問道：「可以幫我簽名嗎？照相可以嗎？我還想要擁抱。都不行也沒關係，我不脫粉。」

安潯笑了笑。涼亭擁擠，她站起身，對女孩說：「都可以，我們去那邊拍。」

說著安潯率先走了出去，女孩高興地對不遠處的同伴比了個「V」的手勢，蹦蹦跳跳地跟著出了涼亭。

亭子裡的氣氛更詭異了。

四個人面面相覷，兩個男生最先說話，他們問趙靜雅：「商務模特兒為什麼有國際學生證？怎麼還有人要簽名、合照？」

「可能……是網紅。」趙靜雅還在嘴硬。

「妳們確定聽清楚她講電話的內容了嗎？我實在不相信安潯是出來賣的。」男生們本就抱持懷疑的態度，如今更加不信。

「當然，聽得一清二楚。」趙靜雅肯定地點頭，「她絕對不是什麼正經女孩。」

趙靜雅的話音剛落，「砰」的一聲，一個手機突然不輕不重地扔到他們面前的木桌上。四人同時嚇了一跳，抬頭看向手機的主人。

司羽沒說話，雙手插在口袋裡靠在柱子上，看著他們。

其中一個男生拿起螢幕還沒暗掉的手機，低頭一看，竟然是安潯的資料。四個腦袋湊在一起，隨著螢幕滑動，他們才知道自己錯得有多離譜。

安潯，出身書香名門，祖父是著名國畫大師，父親是帕克商學院的經濟學教授。而她本人，是世界排名第一的美術學院的優等生。

大二的時候，安潯的一幅畫拍賣到二十二萬歐元。她當時剛滿十八歲。人們驚詫於她的年輕與美麗，更驚詫於她無與倫比的繪畫天賦，國外媒體更是稱她為「最具靈性的印象派新銳畫家」，自此她便在西方藝術圈聲名鵲起。

此事經國內媒體報導後，安潯也算一夕成名。但藝術圈終歸不似娛樂圈那般備受矚目，在認識她的人面前她是大神，在不認識她的人面前她就是個普通女生，所以他們不認識她也是理所當然。

而趙靜雅聽到的賣不賣的問題，終於也有了更合理的解釋——安潯說的很可能是賣她的畫作。

「我想起來了，我就說她的名字聽起來很耳熟，記得是前年吧，有好多新聞報導，說她是二十一世紀不可多得的印象派畫家。」孫晴終於想起來自己在哪裡聽過安潯的名字。一個男生將手機遞給司羽，問道：「司羽，你早知道安潯是畫家？」

司羽收起手機：「猜到一點。」

知道她叫安潯的時候，司羽並沒有將她和那個天才畫家聯想在一起，直到幫她提行李箱，注意到箱子上的手繪圖案，再加上別墅一樓那間畫室，他才有所揣測。後來看到牆上掛著的那些油畫他便確定了，這個安潯應該就是沈司南喜歡的那個「安大師」，只是他沒有料到，安潯竟然是個二十出頭的小女孩。

趙靜雅滿臉通紅，真是尷尬得要死。她之前那麼信誓旦旦地說安潯不正經，結果人家早已是人生勝利組，自己卻還一直覺得高安潯一等，打心裡瞧不起安潯。

安潯是和大川一起回來的，那時亭子裡的四人已經調整好情緒，雖然大家看安潯的眼神依舊怪怪的，但本質上已經改變。幾人陸續從入口進到園區。司羽雙手插在口袋裡，慢悠悠地走在一旁，始終安靜寡言。

大川看了看手中的學生證，意識到似乎真如司羽所說，這其中應該有誤會，想起之前幾人還在背後嚼舌根，心生愧疚。他將學生證還給安潯，問道：「安潯，這上面寫的Accademiadi Belle Arti di Firenze是什麼學校？」

安潯接過學生證放進包包，回答道：「佛羅倫斯國立美術學院。」

雖然聽起來很厲害的樣子，但大川完全沒聽過，抓抓頭：「在義大利？」

安潯歪頭看著他笑，似乎覺得他的問題很蠢：「難道東京大學不在日本？」

「呃……」大川苦笑著回頭看其他人，滿臉的表情都在說「她一句話把我堵死，我該如何接話」？

沒人理他，好像都在等著看笑話，大川硬著頭皮兀自打圓場：「我不太了解你們藝術圈。哈哈，你們學校有沒有什麼知名校友？」

「達文西、米開朗基羅……」

安潯剛說了兩個，大川便哈哈大笑起來：「所以他們是妳學長囉？」

「也可以這麼說。」安潯看著笑得開心的大川，有些莫名其妙。

大川見安潯回答得認真，笑得更加開懷。司羽見他完全沒有停下的意思，出聲提醒：「大川，她不是在開玩笑。」

笑聲戛然而止，大川抓抓頭，一臉迷茫地看向安潯，隨即又乾笑兩聲：「不是炒熱氣氛的玩笑？」

安潯卻問：「東京大學……真的是你自己考上的？」

大川哭喪著臉看向他的朋友們，嘟囔道：「我不和她聊天了，她嘲笑我的智商！」

不知道是誰沒忍住，「噗哧」笑出聲。

隨後眾人又安靜無聲地走了一會兒，大川不死心地繼續搭訕：「安潯……那妳的偶像是達文西還是米開朗基羅？」

「是提香。」

大川頓了頓，不知道該說什麼，再次滿面愁容地回頭。他臉部表情誇張，無聲地對同伴說道：「這……又……是……誰……啊？」

其他人終於哈哈大笑起來，連司羽都忍不住彎起嘴角，輕笑出聲。有人勸道：「大川，你就別說話了，根本雞同鴨講。」

大川備受打擊地低聲說：「你要我說我都不知道該說什麼了！」

安潯並不和他們同路，她有自己想去的地方，約了集合的時間後，便獨自走上另一條小路。大川要去採訪，別人都不想跟他一起，兩個男生結伴去看表演先跑了，司羽不理會大川期待的眼神，只說了句「我要去看犀鳥」便走了。

孫晴見狀，忙說，「大川我陪你吧。靜雅，妳要是不想一個人逛就和司羽作伴。」說完她對趙靜雅眨了眨眼睛，低聲提醒，「這麼好的機會別浪費了。」

趙靜雅本來還因為安潯的事悶悶不樂，轉眼發現自己竟然能和司羽單獨相處，心中大喜，抬腳跟了上去。

犀鳥不是隨隨便便就能看到的，據說要到密林深處才有機會遇見。司羽按照公園路標的指示走了棧道，趙靜雅一直跟在他身邊。

棧道由木板鋪成，偶有晃動，趙靜雅心思都在司羽身上，一時不察，差點摔倒。好在司羽紳士地伸手扶了一下，趙靜雅當場臉紅了，害羞地低著頭不敢看他，心突突地跳彷彿要蹦了出來。司羽鬆開她的手臂，提醒她注意安全。趙靜雅羞澀點頭，暗暗高興，高興這個完全符合自己幻想的男人就在身邊，體貼關心她。

司羽並沒有看到她小女生般嬌俏的神情，或者說看到了也不在意。他注意到前面幾個遊客突然都拿出相機對著棧道下方的河面猛拍，興奮地交談著。

棧道搭建得並不高，木板下的茂密植物如兩條巨龍舒展匍匐在河道兩側，隨著長長的河道碧波蕩漾，蜿蜒遠去，沒入密林深處。

汀南的綠比任何一種綠都更為蔥鬱，更為晶瑩，而這種濃綠之上，還有一艘翠綠竹筏飄然入畫，竹筏上一位戴著斗笠的老人划著水，他的旁邊站著一位黑髮長裙的女孩，如入世仙子，孑然而立，風起裙動……竹筏緩慢悠然地從棧道下方的水面漂過，司羽搭在纜繩上的手指微微一動，覺得似乎伸手就能觸到竹筏上女孩的髮尾，也能撫到她飄飛的裙角。

一旁經過的一位中年男子，垂眸看著飄然遠去的竹筏，文縐縐道：「美人若如斯……」

司羽再次垂眸看去，竹筏悠然下行，視線中只餘纖纖背影。

中年男子不無遺憾地看著一片綠色之上那抹飄飄若仙的白影離去，繼續咬文嚼字：「那女孩回過頭該是怎樣驚世的美麗。」

趙靜雅早已從小鹿亂撞的心情中平復下來，不太高興地瞪了那位略顯做作的大叔一眼，再回頭，見司羽目送那木筏遠去的神情專注。她不安起來，即使手心滿是汗水，依舊故作輕鬆地道：「安潯竟然撇下我們自己偷偷去坐竹筏了。」

司羽收回視線，只說：「走吧，前面就是索道。」

由索道滑行進入密林深處不過十多分鐘，司羽走下纜車後詢問工作人員犀鳥經常出現的地方。工作人員耐心解說：「向南走五百公尺左右有棵十幾人都無法合抱的千年古樹，比周圍所有樹都要大，枝葉繁茂，盤根錯節，你到那裡就知道了，有兩隻犀鳥就在那裡築巢。」

遮天蔽日的原始森林裡，到處是從未見過的巨葉植物。奇異板根的巨樹高聳入雲，一晃而過的野生動物，不時傳來的奇怪響動讓趙靜雅感到害怕，她腳步淩亂地跟著前面走得飛快的司羽。

「司羽，你為什麼要找犀鳥？」

「司羽，這裡會不會有危險？」

「司羽，你等等我。」

「司羽，我跟不上你。」

「司羽，你慢一點，我有話要說。」

「司羽……」

司羽修養好，不代表他沒脾氣，大樹已經近在眼前，聒噪的女孩依舊喋喋不休。他有些不耐煩地回頭：「為什麼其他女孩都不能像安潯那樣？」

趙靜雅臉色一白，不敢置信地看著他：「怎……怎樣？」

司羽答：「安靜。」

趙靜雅緊閉雙唇，不敢說話。在她的認知裡，司羽是溫文儒雅、溫柔和煦的人，可剛剛他的語氣冰冷不耐，眉頭輕蹙，嚴肅起來竟有些嚇人。

司羽看了看她，雖然不耐煩，但還是微微緩和了一下語氣：「妳剛才要說什麼？」

趙靜雅咬著唇緊張地看著他，心裡默默鼓勵自己：在這片原始森林中沒有別人，只有他們兩人，一定要把握這個機會；他會答應的，他會的，或者會考慮一下，總會有機會的……孫晴說得對，沒什麼難的，成功了皆大歡喜，失敗了再接再厲。

她深吸一口氣，眼神堅定地說：「我……喜歡你，司羽，你可不可以……可不可以做我的男朋友？」

聽到她突然表白，司羽雖有些意外，但沒有多麼驚訝。不知是早有預感還是早已習慣，他處理起來彷彿得心應手。他沉默地看了看她，半晌，挑唇一笑，一時間讓人看不出是嘲諷還是真誠地問道：「這麼快就喜歡我了？」

他的話剛出口，趙靜雅立刻回他：「你不用立刻回答，沒關係的。」

她覺得他的話是諷刺，所以給自己一個臺階下。

司羽確實沒再說下去，靜了半晌，隨手從樹椏上摘下一枚含苞待放的花蕾：「我將它回報給妳怎麼樣？」

趙靜雅心下一陣冰涼，眼眶微熱，伸手接過花。雖然司羽拒絕了她，但紳士地維護了她的自尊。她鼓起勇氣抬頭看他，邁出了第一步，後面也就容易多了，她豁出去似的說：「司羽，我比你拒絕我之前更喜歡你了。」

司羽挑眉，意料之外，看著這女生一臉堅毅的表情，覺得這次有點棘手。

趙靜雅也不指望他能回答什麼，開口問道：「司羽，你什麼時候回春江？」

「或許畢業後。」司羽給出模稜兩可的答案，顯然不是很想與她再有交集。

趙靜雅像是看不出一般，努力笑了一下：「那我們來日方長。」

見她如此，司羽終於斂了表情，眼神也有所變化，微微仰頭，居高臨下地斜睨著她：「妳喜歡我什麼？」

「你的一切，你的一切都很完美。」趙靜雅肯定地回答。

「是嗎？」司羽勾唇一笑，突然向前走了兩步。趙靜雅一陣緊張，下意識地退後，靠到身後的樹幹上。他接著問，「妳才認識我兩天就了解我了？」

趙靜雅看著近在咫尺的人，輕顫著嘴唇道：「對，我喜歡……你的外表、你的品味以及你的修養。我敢保證，我再也不會遇到像你這樣的人。」

司羽像是聽到什麼笑話，嗤笑一聲：「那內心呢？我要是說我很陰暗，妳信嗎？」

「我……我不信。」

司羽的笑容不再溫和，慢慢地變得滿是嘲諷。他再向前一步，伸手覆上趙靜雅的臉頰：「知道我為什麼拒絕妳嗎？」

她緊張地搖頭。

司羽的手指從她的臉頰滑至下巴，輕佻地抬起趙靜雅的臉：「因為這臉蛋不夠漂亮。」

趙靜雅臉色一變，誰知他還沒說完，手指如羽毛般擦在肌膚上繼續下滑，那永遠禮貌低沉的嗓音突然說著讓人難堪的話：「胸不夠大。」

隨即是腰際，眼神隨著手指下移，他直言道：「腰不夠細。」

說完這幾句話他便毫無留戀地收回手，慢悠悠地將手插進褲子口袋後退一步。

趙靜雅已是臉色蒼白。

他眼神輕佻地上下一掃，依舊給出最後一擊：「腿也不夠長。」

趙靜雅不可置信地看著他，良久不知道做何反應，從沒有人這樣說過她。即使自己不完美，但也是美麗的，她沒想到在司羽眼裡自己竟如此不堪。

終於，她捣住臉忍不住哭了起來，哭著還不死心地說：「你不是這麼膚淺的人，你和別人不一樣。」

「我當然是。」司羽漫不經心地站在她面前，「別人是，我為什麼不是？」畢竟是女孩，受此羞辱還怎麼待得下去？她胡亂用手背擦掉眼淚，也不看司羽，轉身沿著來路跑走了。

司羽收起臉上嘲諷的笑，彷彿什麼事情也沒發生一樣，轉身繼續向那棵大樹走去，剛走兩步便突然聽到一個聲音說：「你嚇到她了。」

司羽腳步一頓，說實話，在這種人跡罕至的地方突然聽到說話聲才嚇人。他表面上倒是鎮定自若，掃了眼四周，並沒有發現人影。

「在這裡呢。」說話的聲音是從面前那棵巨樹上傳來的。

他抬頭，發現巨樹最低的那根粗樹椏上坐著一個人，一身白裙，巧笑嫣然。不是安潯是誰？

司羽雙手環胸仰頭看她，有些不可思議：「妳是怎麼從河裡跑到樹上的？」安潯晃蕩著兩條腿，想了想，問他：「你看過《暮光之城》嗎？」

司羽恍然大悟地點點頭：「我打擾妳狩獵了嗎，吸血鬼小姐？」

安潯一本正經地回答：「是啊。」

「那麼妳的獵物是誰？」司羽也一本正經地問。

安潯沒有直接回答問題，垂眸看向他：「其實我和趙靜雅一樣，覺得你這人……看起來還挺完美的。」

司羽笑：「現在難道不是了嗎？」

他說著抬腳向前走，結果卻被安潯出聲阻止：「別過來，我穿裙子！」

司羽微頓一下，輕笑一聲，繼續向前走。安潯瞪大了眼睛看著他：「喂！」

他視若無睹，肆無忌憚地走到安潯斜下方。安潯忙向後挪了挪屁股，壓緊裙子，緊皺眉頭看向他：「我又沒向你表白，你不用嚇我。」

「嚇妳？」

「你剛才故意把趙靜雅嚇哭了。」

司羽笑道：「對，這次也是故意的。」卻不是在嚇她。

自己是什麼用意呢？也許是想逗她。

安潯覺得這樣的他可能才是真正的他，不像之前那樣，禮貌卻疏離，紳士卻虛假。

現在的司羽，有點無賴。

司羽見她臉色微紅、抿著脣不說話，問道：「妳不會是下不來了吧？」

安潯立刻否認：「不是，我是上不去。」

司羽看了看樹的高度和枝椏分布，肯定地說：「上不去也下不來。」

安潯被他說中，沉默半天才不情願地「嗯」了一聲。司羽輕笑出聲：「妳是怎麼爬上去的？」

「提了一口真氣跳上來的。」安潯居高臨下地看著他，「你幫不幫忙？」

司羽掃了四周一眼，見沒有什麼可用的工具。他抬起頭，對她伸出手臂，說：「跳吧。」

安潯緊盯著他：「你可要接好了。」

她倒是雷厲風行，話音一落就往下跳，一絲猶豫都沒有。好在司羽反應快，將她抱了個滿懷。

司羽雖然看起來高高瘦瘦，手臂倒是很有力量，又穩又準地接住了她。只是兩人都穿得少，沒有衣服的緩衝，安潯猛然撞到他身上還是挺痛的，疼痛中還伴有柔軟與堅硬碰撞的淡淡尷尬……

但這些都可以忽略不計，最讓人心驚的是隨著安潯的舉動響起的撕裂聲。在安靜的叢林中，彷彿接了擴音器一般清晰入耳。兩人都是一愣，要不是安潯雙手還抱著司羽，她真要摀住臉蹲在地上羞憤而死。

紗裙掛在樹杈上，強力撕扯下來的裙襬有一大截留在樹上。司羽仰頭看著那風一吹便飄飄蕩蕩的白紗，忍不住輕輕笑起來。安溽還被他抱在懷裡，能清晰感受到他胸腔的振動。安溽在摀住自己還是摀住他之間選擇了後者，伸手摀住他的眼睛：「別看，非禮勿視。」

手心的溫熱和清香一下子占據了司羽所有的感官，他微微屏息，一時間沒有說話。安溽後知後覺地意識到兩人已經超越了安全距離，立刻縮回手，腳尖沾地，離開司羽的懷抱，後退了一大步，惱羞成怒地看著他。司羽回視，眉目含笑。

安溽低聲道：「別笑。」她從沒這麼丟臉過，就這麼一次，還在他面前。

司羽收起笑意，詢問：「需要我幫妳看看後面的情況嗎？」

「不用！」安溽瞪大眼睛，「你只要不笑就行。」

「好。」

安溽反手摀著裙子回頭看了看樹上的裙襬，好長一條，看來裙子一定慘不忍睹。她正糾結著怎麼回去，突然察覺到司羽靠近，一轉頭，才發現他已經離自己這麼近了，近到她的嘴脣似乎都能感受到他側臉的溫度。

司羽脫了襯衫繫在安溽腰間，繫好後還幫她擺正垂在腰前的兩個袖口。他像是沒注意到剛剛兩人的姿勢有多曖昧，後退了一步，看了看，滿意地道：「還不錯。」

安溽後來回想，他給她的安全感也許就是從這個森林開始的。

即使他前一刻還挺惡劣，但紳士風度勉強還在。

司羽上身只剩一件白背心，再配上牛仔褲，長腿細腰一覽無遺。安潯打量了一下，心想：他這個樣子恐怕會吸引更多的小女孩來表白。想到表白，她突然問：「你都是那樣拒絕別人的表白嗎？」

司羽挑挑眉梢，半晌慢悠悠地說：「有時也許不會拒絕。」

見他又是那種意味深長的眼神，安潯不動聲色地移開目光。

呵，情場浪子。

看到一旁的大樹，她突然想起自己上樹的目的：「再幫我個忙？」

「樂意之至。」

安潯伸手將疊得整齊的書寫紙遞給司羽：「幫我放到樹上的盒子裡好嗎？」

司羽接過去，無奈輕笑：「反悔還來得及嗎？」

安潯被他逗笑。

司羽看著手裡的書寫紙：「我只聽過把祕密說給樹洞聽。」

「這是許願樹，我媽媽說把願望放到上面那個盒子裡就會實現。」安潯說著，眼睛閃閃發亮，神色溫柔。

司羽見她表情認真又虔誠，問道：「妳相信嗎？」長大的妳還信這種騙小孩子的謊話嗎？

「信啊。」

即使已經知道根本不會有什麼許願樹，她依舊選擇相信。見慣了太多的世故，司羽覺得安潯保留的這分純真很難得，突然有股衝動想快點幫她把紙條放到樹上。他手撐著樹椏，三兩下爬了上去。

安潯說的盒子就在橫向伸出的第三個粗樹椏上，六角形的盒子已經積滿了灰塵，雖然陳舊失色，但不難看出曾經的精緻。

他握了握手中的紙，突然猶豫了。

他早過了熱血的年紀，但面對她，總是心血來潮。

安潯在樹下仰著脖子，期待地看著。他低頭凝視她，輕聲說：「不如妳相信我，我來實現妳所有的願望。」

大樹陰影裡的司羽，高高在上，宛如一個真能實現凡人願望的神。巨葉晃動下，安潯仰起的臉龐若隱若現，美得驚人。司羽靜靜地看著她，等待她的回答。

「所有的嗎？」她問。

「所有的。」他說。

「好啊，那第一個願望就在你手裡。」

司羽微愣，隨即輕笑。他們說得沒錯，安潯確實是個隨性灑脫的人。

他打開手中的紙，很簡單的一句話：「希望媽媽原諒我，以後我再也不逃婚了。」

什麼叫「以後我再也不逃婚了」？司羽覺得最近自己的笑點有點低，一句簡單的話都能逗自己笑。他看了看盒子，低頭問安潯：「我可以看看妳以前的願望嗎？」

「可以，也好讓你有個心理準備。」

司羽從盒子中抽出一張：「希望哈利和妙麗能在一起。」

下一張：「我想成為糖果店的老闆。」

「希望湯姆貓和傑利鼠可以和睦相處。」

「我想成為大熊貓飼育員。」

司羽忍不住輕笑出聲，她小時候一定非常可愛吧。還有這些，隨便抽出來的幾個願望，應該沒有一個實現，她卻還這麼相信這棵樹。

他接著抽出第五張，打開紙條，發現上面的字跡和其他的完全不同。他問安潯：「安安是妳的小名？」

安溽點頭，有些疑惑：「你怎麼知道？只有我媽這樣叫我。」

司羽沒說話，在盒子裡又翻了翻後，踩著樹椏跳了下來。他站到安溽面前，開口的第一句話便是：「好在我的褲子沒刮破，不然我們回去就真的說不清了。」

安溽再次被逗笑。司羽發覺，逗笑這女孩挺有成就感的。他輕咳一聲：「第一個願望太簡單了，其實妳媽媽根本沒怪妳。」

「你怎麼知道？」安溽看到他手中拿著幾張紙條，「你把我的願望拿下來了？」

「這不是妳的。」司羽將紙條遞給她，「原來天真會遺傳。」

安溽不懂他的意思，伸手抽出一張紙條打開：「希望安安健康快樂長大。」

「希望安安成為一個開朗的人。」

「希望安安無憂無慮，自由自在。」

「希望安安遇到一個寵她愛她的男孩。」

這些都是一個母親對女兒最簡單的期望，這樣的母親不會隨便把女兒嫁掉的。司羽想，當初的指腹為婚或許只是玩笑話，他能想到這一點，安溽也一定想得到。

安溽低頭看著那些紙條，好半晌沒有抬起頭來。他了然：「需要我迴避嗎？」

她悶悶地「嗯」了一聲，隨即伸出食指做出一個要他轉身的手勢。司羽乖乖地轉過去，還沒站定就聽到身後傳來：「好了。」

司羽詫異地回過頭，見她微笑看著自己，完全沒有他以為的動容神色。

司羽轉過身子：「妳剛才拿什麼擦眼淚？」

安潯一手抓起一隻垂在腰間的袖子，朝他晃了晃，笑得奸詐。他就知道是這樣。

「你覺得我逃婚對嗎？」安潯突然問。

司羽看著她，思考該怎麼回答。須臾，他說：「對易家來說或許不對，對我來說……」

說到這裡他頓了一下。

安潯無語，心想：又來了。

她直接忽略最後一句，只說：「電話內容你聽到不少啊。」

「因為當時我就坐在客廳裡。」意思是他從頭聽到尾。

大半夜不睡覺在客廳坐著，安潯奇怪地看著他：「失眠還是夢遊？」

司羽沉默了一下，然後說：「在想我哥哥。」

安潯「哦」了一聲，只當他們兄弟情深。

司羽接著又說：「準備回房的時候見妳下來，看妳沒穿衣服怕妳尷尬才沒打招呼。」

「……穿了。」

「勝似沒穿。」

「……」

大樹不遠處就是河道，竹筏還停在岸邊等待安潯。

司羽和安潯一起乘坐竹筏回去的時候，大川和孫晴正在園區的餐廳安慰趙靜雅。雖然趙靜雅回來後什麼也沒說，但紅腫的眼眶多少讓他們猜到了一些，還沒安慰幾句，司羽和安潯就一起回來了。

大川見兩人走進來，奇怪地道：「咦，你們怎麼一起回來？」

趙靜雅聽到聲音，抬頭看了一眼，見兩人一起走進來，眼中滿是哀怨的神色。

「碰到的。」司羽言簡意賅，說話間沒看趙靜雅一眼，神色坦然，毫無波瀾。

「哎喲喲喲喲，這是怎麼回事？司羽你的衣服呢，她的裙子呢？」大川發現兩人不妥之處，曖昧的眼神在他們身上游移。

聽大川這麼一說，趙靜雅的眼眶再次溢滿淚水，看起來好不可憐。

孫晴見狀小聲問：「他們怎麼回事？妳不是一直和司羽在一起嗎？」

趙靜雅搖搖頭，咬著嘴脣、淚眼婆娑地看著空蕩蕩的地面，一句話也不說。

「大川，車子你開回去吧，我先送安潯回去。」司羽也覺得兩人的模樣不太適合繼續待下去。他倒是還好，安潯的長裙卻破得明顯，襯衫不能完全遮擋。

安潯全程沒說一句話，隨著司羽進來，隨著司羽出去。

大川拿著剛接過的車鑰匙抓抓頭：「一定發生了什麼事，這兩人之間的氣氛完全不一樣了。」

自然流露出的狀態不用隻字片語也能讓人察覺到微妙。

安潯看著走在前面的司羽，心想：一條撕爛的裙子，一件來得及時的襯衫，一個可以隨意許願的承諾，似乎讓自己與他親近了許多。

回程是司羽開車，安潯乖乖坐在副駕駛座。剛開始還好，後來她慢慢有點坐立不安，一直在動。司羽問她：「妳扭什麼扭？」

「想把你的襯衫鋪平，坐出皺褶還要熨。」安潯說。

司羽挑眉看她：「難道妳不打算洗完再還給我嗎？」

安潯一臉「怎麼可能」的表情：「畫畫的手指怎麼能用來洗衣服呢！」

司羽無言以對，頓了良久才說：「衣服送給妳了。」

「我要這個又沒用。」

「下次爬樹的時候帶著，說不定還會用得到。」

安潯看著他：「你不是說我的許願樹不靈，要我相信你嗎？」

司羽愣了愣，意味深長地看了她一眼。

安潯說完，也察覺到這句話充滿暗示，暗示她以後要向他許願，暗示他要幫她實現願望，這其中又是否包含了某種意義，司羽沒問，安潯也沒說。她並不是有意，但又不想主動去糾正，司羽輕輕一笑，就在這靜默的瞬間，彷彿有什麼默默蔓延，兩人心照不宣。

車子又開了一段距離，司羽看了她一眼，見她開著車窗，微微探頭向外看，提醒道：「坐好，安全帶繫上。」

安潯應了一聲，伸手扣好後隨口問道：「你大我幾歲？」

「五歲。」

「哦。」

司羽見她突然提起年齡，問道：「嫌我囉唆？」

「沒有，」她倒是答得痛快，「就是想我爸了。」

和安潯聊天，真是步步陷阱。他換了話題：「其實許願樹只是對妳不靈，妳媽媽的願望都實現了。」

安潯微愣，想了想說：「還差一個。」

司羽知道她說的是哪個：「會的。」

會的，他說得那麼肯定。

安潯把玩著繫在腰上的袖子，不知道司羽用的是什麼洗衣精，他的衣服有種清新的果香。那味道淡淡的，慢慢地充盈她的鼻尖，吸進肺裡似有魔力，竟然連心都有些柔軟。

「你怎麼沒和家人一起過元旦？」安潯很少主動找話題與人攀談，話一出口她才意識到自己已經開始想要主動了解他。

「本想一起過的，但他們要我去相親，我就跟大川來汀南了。」司羽笑了笑又加了一句，「和妳一樣，偷跑。」

安潯感嘆一聲：「太叛逆了。」

司羽轉頭看她一眼，半認真半玩笑地說：「幸好來了，不是嗎？」

安潯低著頭不說話，手裡摩挲著看不出什麼材質的黑色袖釦，過了良久才說：「說不定相親的女孩非常漂亮，錯過了豈不可惜？」

話才說完安潯便有些後悔，試探的意味太過明顯，而且是對一個剛認識一天，還被她貼上「多情浪子」標籤的男人，只怪相遇和相處都太過浪漫，終究是大意了。

司羽不是大川，大川是隻笨熊，司羽卻是隻聰明狡猾的狐狸。

果然，他嘴角無聲地彎了起來。她的問題取悅了他，至少從她的沉默無聲之中他看出了些端倪。如果說許願樹是好的開端，那這句話便是好的發展。

就在安潯想著自己要不要換個話題時，猛烈的煞車使得兩人身體突然衝向前再重重彈回椅背。一切發生得太快，安潯整個人都傻了，刺耳的煞車聲似乎還響在耳邊。此時的司羽已回過神，第一時間轉頭問她：「有沒有事？」

安潯搖頭。司羽確定她沒事後，解開安全帶下車。

車子前方不遠的柏油馬路上仰坐著一個滿臉驚恐的小男孩，看起來十幾歲。司羽剛蹲到他旁邊，馬路一側就衝過來一男一女。女人瘋了一樣一把抱住男孩，害怕地吼道：「天寶，你亂跑什麼，過馬路不知道看車嗎？」跟著跑來的男人也一臉擔憂，剛想上前查看，就突然注意到司羽，還有打開車門下來的安潯。

「阿倫？」安潯走過來，看了地上的那對母子一眼，「你朋友？」

阿倫驚訝片刻後回過神，眼珠轉了轉，胡亂地點了下頭。

司羽還蹲在地上，安慰地拍了拍女人：「讓我檢查一下他有沒有受傷好嗎？」女人很年輕，看起來不像有這麼大孩子的母親。她防備地看著眼前陌生的男人，猶豫不決。阿倫說：「梅子，讓他看看，他是醫生。」叫梅子的女人看了看這位外表過於年輕的醫生，小心地放開叫天寶的男孩。

司羽伸手按了按男孩的脖子，摸了摸手臂，再到腳踝，試著安慰他，讓他站起來走走。男孩非常乖，聽話地照做，雖然腿還有點抖，但確實沒有受什麼傷，只是嚇壞了。司羽鬆了口氣，摸了摸他的頭，笑容和煦：「以後過馬路要仔細看車，知道嗎？」

男孩點點頭。阿倫道謝。梅子拉過男孩念了幾句，看向司羽時，又是道歉又是道謝。司羽只說沒關係，脾氣素養都好得不得了，他又變回了那個紳士。

一旁的安潯心想：裝的。

梅子朝司羽靦腆一笑，轉頭問阿倫：「你的朋友嗎？」

阿倫依舊不敢正眼看安潯，眼神閃閃躲躲地「哦」了一聲。

安潯見他如此，心下了然，問他：「李佳倫，你什麼時候有這麼大的兒子了？」

阿倫聽她這麼說，尷尬地看了梅子一眼，解釋道：「不是，是……普通朋友。」

安潯的眼神在兩人身上轉了一轉：「長生伯知道嗎？」

阿倫急得哇哇叫，連連解釋道：「真的沒什麼。」

安潯「哦」了一聲：「你們準備去哪裡？」

阿倫老老實實說：「準備去吃午飯。」他覺得自己真的跟不上安大小姐的思考。

安潯再「哦」了一聲：「順路，上車吧。」說著她打開副駕駛車門坐進去。

司羽隨著安潯上車，好笑地看著她：「人不大，管的事倒挺多。」

安潯理所當然地說：「長生伯就只有這麼一個讓他引以為傲的兒子，我要幫他好好調查一下。」

「妳知道他們要去哪裡吃飯嗎，就順路？」

「管他的，弄上車再說。」

司羽輕笑，啟動車子，然後再次提醒道：「妳覺得我像妳爸我也要說，繫上安全帶。」

安潯「噗哧」笑出聲，見外面站著的阿倫猶豫不決的樣子，立刻對他換上一副「你敢不上來就試試看」的神情：「上來。」

阿倫終於放棄抵抗，不情不願地帶著梅子母子坐到後座。

餐廳是安潯選的，阿倫雖然一路上不斷拒絕，但到了目的地見是高級餐廳，立刻眉開眼笑，趁人不注意對有點拘謹的天寶說：「天寶別怕，想吃什麼吃什麼，那位阿姨有錢。」

天寶看了看他說的有錢阿姨，猶豫地說：「阿倫叔，那個應該叫姐姐吧。」

阿倫瞪他：「叫我叔，叫她姐，這不是差了一輩嗎……」

他還沒說完就被梅子拉了過去，梅子低聲地說：「我和天寶先走吧，我們又不認識你的朋友，讓人家請吃飯不好。」

「沒關係，他們人都挺好的。」阿倫盡量表現得自然。如果今天沒碰到安潯，恐怕他們一輩子都不會到這裡吃飯。

其實吃飯是其次，安潯主要是想了解一下阿倫和梅子進展到什麼程度了。結果一頓飯下來，發現是阿倫一頭熱，那梅子很靦腆，話也非常少，對阿倫，似乎是感激多於喜歡。

而令安潯驚訝的是，十歲的天寶真的是梅子的親生兒子，而梅子今年二十八歲，才比司羽大兩歲，本是最好的時光。

吃過飯，他們送梅子母子回家。那裡是一整片陳舊的違章建築，緊貼著工廠牆外搭建的一排紅磚房，與不遠處的高樓大廈形成鮮明對比。房門前道路狹窄泥濘，車子根本進不去，家家戶戶門口不是收來的廢舊破爛，就是酒瓶、易開罐。

安潯和司羽顯然很少來這種地方，兩人站在路口愣愣地看著，一時間不知道怎麼踏出腳步。

阿倫沒讓他們再往裡面走，他送梅子母子進了屋子才回到路口。安潯和司羽兩人靠在車上聊著天，夕陽餘暉灑在兩人身上，一片溫馨暖意。

不知道安潯說了什麼，司羽笑得眼睛都彎了，看向她的眼神既專注又溫柔，也不似一般的喜歡。

阿倫這才反應過來，他都沒問他們兩個是怎麼回事呢，倒是讓安潯先下手為強了。看那裙子破的，要是讓他爸看到，非得去安潯她媽媽墳前告狀不可。

阿倫大步走過去準備調侃幾句報個小仇。安潯一見他過來，下巴一揚：「李佳倫，你爸要是知道你娶個老婆還附帶一個十歲的孫子非揍哭你不可。」

阿倫立刻沒了氣勢。夠了，和小時候一樣：李佳倫，你爸要是知道你把我裙子弄髒了非揍哭你；李佳倫，你爸要是知道你踩壞他的蒜苗非揍哭你；李佳倫，你爸要是知道你偷偷寫情書給我非揍哭你……

十多年前的公主大人變成了女王大人，他依舊不敢招惹。

阿倫說：「梅子真的很可憐，從小就跟著來汀南打工的父母住在工廠區，後來和工廠區的一個年輕人交往，還未婚先孕。梅子父母覺得丟人回了老家，梅子就跟著那年輕人做些小買賣，過一天算一天。誰知道前陣子她男人搶劫傷人後逃了。」阿倫本是辦案的員警，多次走訪他們家，覺得母子倆可憐就多照顧了一下，久而久之對這對母子有了感情。

「所以你才這麼拮据？」安潯覺得阿倫不適合當員警。剛畢業的小警察，錢還沒賺到呢，就先賠本了。

阿倫拚命點頭：「天寶身體不好，經常要跑醫院，所以我欠妳的錢能不能晚點還？等我存到……」他說話的聲音越來越小。

安潯無所謂，說道：「就沒想過要你還啊。不過，阿倫你這戀愛談得有點怪啊……」

阿倫臉一紅，剛想說什麼，見靠在車上的司羽看著他們，便往安潯靠近了一點，壓低聲音說：「還說我呢，妳這是怎麼回事？剛來一天就和……房客在一起了？像妳這麼大的小女孩就是眼界不夠寬，看到帥哥就暈了。妳知道他是什麼來頭、什麼背景嗎？萬一是哪個偏僻的鄉下來的，妳還跟著嫁過去啊？」

安潯被他逗得咯咯直笑，怎麼看，司羽也不像是鄉下人吧！而且從學識和氣質來看，他也不是一般家庭出身的。

阿倫說完也覺得自己有點太誇張：「好，就算這些都不考慮，人品妳也要了解一下吧？」

「囉唆！」安潯覺得阿倫說話和她爸媽一樣，「我和他沒什麼。上車，送你回家。」

阿倫晚上要值班，他們將他送到派出所。

回程路上司羽接到大川的電話，似乎是說要去夜店續攤，問他們要不要一起。司羽只說不去，連理由都沒給。

於是，只剩他們兩人的車內，又安靜了下來。

太陽已經下山，只餘一片火紅灑在西方的天空上，車子迎著餘暉行駛著。安潯趴在車窗邊，吹著暖暖的風，心情舒暢。她的頭髮依舊飛舞張揚著，司羽的鼻尖嘴唇被她的幾縷髮絲掃了幾下，淡淡的清香，和她身上的味道一樣，總能讓人忍不住深呼吸。

安潯意識到自己的頭髮太不服管教，伸手將頭髮綁在身後，又轉頭看向安靜開車的司羽：「癢嗎？」

他頓了一下，隨即淺淺一笑：「妳這是在調情嗎？」

安潯撇撇嘴，自己這話明明很正常，他偏偏聽出別的意思。安潯越發覺得這人應該縱橫情場多年，對撩撥與試探都遊刃有餘。

於是，兩人又是半晌無話。

太陽西沉，安溽伸手打開車內的燈。轉頭看他，見他不說話，她又對他生出幾分好奇，忍不住開了口：「在想什麼？」

司羽繼續開車，也沒看她，淡淡地回答道：「在想怎麼能和妳有點什麼。」

安溽怔住，半晌才反應過來，他聽到自己和阿倫的對話了。

他才是在調情吧。安溽再次沉默，轉身繼續趴在車窗上吹風，想著還是別和他說話了。

司羽的記憶力很好，走過一次便不會迷路。紅色的大門終於出現在安溽眼前，夜幕也已降臨。

安溽開門進去，奇怪地看了看院子裡的燈，伸手按開了大門後面的開關：「我離開前燈還開著呀，誰把燈關了？」安溽以為長生伯回來了，屋裡屋外繞了一圈卻沒看到人。

司羽倒是鎮定，已經拿了換洗的衣服準備進一樓的浴室。關門前他見安溽四處轉著，東看西看，問道：「不換裙子嗎？」

安溽這才放棄探究燈的事，回房間前對司羽說：「我今天可能會在畫室待一晚。」

「好。」司羽站在浴室門後，輕輕應著。

安溽鎮定自若地開門進屋，心裡卻覺得七上八下，兩人剛剛的對話就跟老夫老妻一樣。

第三章　午夜畫室

汀南的夜晚很靜，沙灘上遊玩的人們早已散去，沒有船舶引擎的轟鳴聲和汽車的喇叭聲，遠離一切現代化的雜訊，只餘下風鳴和海浪的翻滾聲。

安潯打開畫室的窗戶，外面混雜著海洋味道的空氣撲面而來，她深吸一口氣，心滿意足，但依舊沒有創作靈感。

自從易家提出訂婚，她為了完成母親的心願而違心同意後，就再也畫不出來了。有了束縛感，失去了自在的心情，本以為來汀南會有所幫助，卻事與願違。

安潯鼓起勇氣打了電話給父親，心想：過了兩天，他或許已經消氣了。

安教授畢竟是個儒雅的學者，總是能心平氣和地處理事情。安潯將意外發現母親的願望告訴父親，舌粲蓮花、連哄帶騙地說得十分感人，差點讓安教授落下淚來。安教授思念亡妻，又大受觸動，也無心批評安潯毫無責任心的逃婚之舉，匆匆將電話交給安非的媽媽便躲到一旁傷感了。

安潯用所有想得到的讚美之詞又哄了安非媽媽好一陣子，安非媽媽一高興，張嘴就向她保證一定會勸兩家和平解除婚約，安潯這才放下心來。

一切都好起來了。

安潯剛掛斷家裡的電話，助理竇苗就打來了。她無非是來催畫稿的：畢業作品需要慎重對待，三個月後還有個畫展，需要大量的畫作。可安潯不敢告訴竇苗，自己連一幅都還沒畫出來，只說：「越催越慢。」

竇苗果斷地掛了電話。

安潯又撕了兩幅畫之後，決定去地窖碰碰運氣，結果還真的讓她翻出一罈長生伯藏的酒。她想也不想便閉著眼睛喝了幾大口，嗆得眼淚都流出來了，滿嘴的辣味，心被燒得火熱，再嚐幾口，還是辣。

誰說酒是香的？

月上中天，其他人還沒有回來。司羽洗完澡就一直坐在院子裡看書，也不知道看到幾點，似乎是累了，他將厚厚的外文醫學書隨意地放在胸前，安靜地靠在躺椅上睡著了。安潯走過去看到他這副模樣，就如同兩人第一次見面的情景。

她小心翼翼地蹲在他身邊，猶豫了一下子，伸手戳了戳他的肩膀。她並沒有用力，等了一下，正要伸出手指再繼續戳，司羽卻慢悠悠地睜開了眼睛。安潯縮回手指，依舊保持著半蹲的姿勢凝視著他，眼睛水潤，臉色潮紅地問道：「現在可以許願嗎？」

司羽拿起書放到一邊的石臺上，回身仔細打量安潯。安潯安靜地等著他的回答，極有耐心。司羽在這樣的眼神下敗下陣來，輕輕笑著回答：「可以。」

安潯直視著他，絲毫沒有避諱，因為他的回答，她的眼眸更加閃亮：「當我的模特兒怎麼樣？」

司羽坐起身，低頭看她，兩人的臉靠得極近，安潯出乎意料地沒有閃避。

他問：「需要我做什麼？」

「坐著，」安潯睜大眼睛，一臉誠懇地回答道，「只要坐著就好。」

即使是夜晚，汀南的風也是溫和的，伴隨著空氣中極淡的酒香輕輕柔柔吹來。司羽並不嗜酒，此刻喉嚨卻有點乾，她呼吸中若有似無的酒香竟讓他覺得——饞。

「喝了什麼酒？」

安潯走在前面，隨口答道，「白酒。」說完她突然回頭，做了個「噓」的手勢，狡黠調皮，不似平時的模樣，「長生伯的私藏，保密。」

酒不誘人，卻讓她變得極其誘人，司羽眸色微變，面上卻不動聲色地跟著她進屋。

來到畫室裡，他突然莫名有種上了賊船的預感。

畫室很大。南面是大大的落地窗，黃椰子的葉子從敞開的窗門外伸了進來，和紗簾一起被風吹得飛飛揚揚；東側的牆面掛滿了各種畫作，大大小小，形狀不一；北面擺了一排原木色的架子，上面放著一些書、畫板和顏料；正中間是一個扔滿了畫筆、顏料、筆洗盒的工作檯。

安潯隨意地將地上的紙團踢到廢紙簍附近，走到工作檯選擇畫紙和畫筆。司羽彎腰撿起一個紙團展開，上面是畫了一半的靜物寫生。雖然被扔了，但在他看來，畫得非常好。落地窗前有一座歐式復古的雙人沙發，司羽走過去，問：「坐這裡？」

安潯正在將紙固定到畫架上，聽到他的問題，半晌才慢悠悠地抬頭，一雙亮晶晶的眼眸盯著他。司羽回視，察覺到她極具深意的眼神：「怎麼？」

喝了酒的她，喜歡盯著他的眼睛看，又專注又勾人，看得人心亂如麻。安潯的聲音在安靜的畫室裡響起，那麼清晰又那麼讓人驚訝，她說：「可以脫掉衣服嗎？」

他只穿了T恤和短褲，本來還想問她需不需要換套正式點的衣服，沒想到她並不需要衣服。司羽的神情立刻變得玩味起來，一雙眼睛似笑非笑地看著安潯，他問：「T恤？」

安潯像是不知道害羞似的，一臉坦然地盯著他：「全脫。」

這下著實讓司羽愣住了。他挑眉看著她，似乎想從她臉上看出些情緒，可是她很平靜，只是眼睛睜得比平時還大，看人更加直接和專注。

畫室裡越發安靜了。

安溽極有耐心，站在畫架一側，等著他決定。司羽凝視她良久，然後嘴角慢慢勾起，什麼話也沒說，伸手脫下身上的T恤。安溽眼神不自覺地下移：胸肌，有；腹肌，有；人魚線，有。非常好！只是那顆早就習以為常的心不知怎麼突地一跳，安溽一驚，連忙垂眸去拿筆，擺正畫紙……

司羽隨手將衣服扔到不遠處的工作檯上，雙手懶懶地搭在腰間，修長的手指下意識地摩挲著短褲邊緣。白熾燈下的他膚色更顯白皙，一雙漆黑瞳仁一動也不動地看著安溽。不知道是不是因為半裸的緣故，司羽的聲音聽起來性感了些：「妳不覺得我唐突就好。」

安溽垂眸回答：「不會。」

又是半晌無言後，他似笑非笑地道：「妳總是讓我意想不到。」

「我自己也挺意外的。」安溽低聲說著。

司羽輕笑，隨即換了語調，似警告似玩笑：「妳要是敢把這幅畫流傳出去，我就……」

就怎麼樣？他一時不知道要拿她如何。

想起她對阿倫說的話，他立刻接著說：「揍哭妳。」

安溽心下微動，本想說什麼，可司羽不給她機會。他手指一轉，拉著短褲和底褲一起脫了下來，揮手將褲子也扔到工作檯上，然後轉身坐到沙發上，雙手往扶手上一搭，這才又看向安潯。

安潯在他脫掉褲子的瞬間下意識地向下看去，一切都比想像中的還要完美——一雙腿筆直修長，肌肉勻稱。餘下的地方她不敢細看，莫名的有些心慌。

司羽並沒有因為一絲不掛而忸怩害羞，安潯的眼神卻有些閃避。全裸的模特兒她在學校常見也常畫，早已是百鍊成鋼，可如今對他，竟然完全無法肆無忌憚地觀察。

看來灌下去的酒還是不夠。

司羽坐得隨意，微微仰頭，髮絲稍顯凌亂，眼神不再似白天的清澈明亮，在黑夜的映襯下更顯漆黑神祕，似乎又帶了些侵略性。安潯一邊暗自鎮定心神一邊構思著畫面。說實話，她有些興奮，心癢難耐，手指下意識地摩挲著，他全身的每一個細胞都能讓她靈感爆發，她想把他的每個姿態都畫下來。

他是她最有感覺的模特兒，沒有其他人。

安潯動筆沒多久，司羽突然開口問道：「妳要這麼盯著我多久？」

「可能需要兩個晚上。」安潯隨意應著。

司羽頓了一下，繼續說：「安潯，我是正常的男人。」

安潯將視線從畫板上移開，不太明白：「嗯？」

司羽凝視著她，半晌，低啞的聲音隨著窗外的微風一起飄進安潯耳裡，他說：「我可能會失禮。」

安潯微愣，眼波一轉，臉頰的紅慢慢暈染開來，不知道是因為聽懂了他的意思，還是喝下的酒開始發揮作用，她解釋：「我……沒看。」

暫時還沒往下看。

司羽笑，聲音帶了些無奈：「安潯，妳在看我。」

不是看哪裡的問題，是她一直用那雙眼睛極其專注地看著他，而他全裸，很難不心猿意馬、想入非非。他高估了自己的定力，以為自己能堅持到最後。

安潯咬唇看著他，一臉無辜。司羽見她如此，眼眸一深，別過頭去看向牆上的畫作，像在欣賞，卻分毫沒看進眼裡。他身後的黑色紗簾悠然飄蕩著，即便他說他可能會失禮，卻依舊敬業地坐在那裡。

安潯臉頰上的紅暈一直消散不去，她伸出手指掃了下臉頰，微燙，不是錯覺，抬頭看他，有些為難，說實在的，何止是他，她也會——亂想。

司羽回頭看她，安潯卻看向他的身後，水潤的雙眸忽然一亮。

她摘下另一側窗戶的黑色紗簾，拉著一頭從窗邊拖到地板再拖到沙發上，繞過司羽的腰腹，搭在沙發扶手上。雖然那處在黑紗之下若隱若現，但總比剛才那樣大剌剌地呈現在眼前好些。

安潯不得不承認自己太不專業，如果教授知道她畫畫時根本靜不下心來直視模特兒，大概會氣得吹鬍子瞪眼。

再次看向司羽時，他似乎也調整好了心態，比之前顯得更隨意自然，神色慵懶，安潯穩了穩心神，心想，這幅畫可能會賣得很貴。

凌晨四點鐘，安潯越畫精神越好，令她驚訝的是司羽的狀態同樣好得不得了，竟絲毫沒有睡意。

「不睏嗎？」

「對一個失眠症患者來說，這並不難熬。」司羽的聲音由於長久靜默而有些喑啞，但聽起來真是性感得一塌糊塗，就像他現在的模樣。

安潯微微有些驚訝，司羽平時看起來清爽又溫柔，並不像長期失眠的人：「多久了？你可以自己治療看看。」

「半年。」他似乎不想談論這個話題，「妳經常這樣畫畫嗎？」

「怎樣？」

「這樣。」

安潯探究地看著他，他沒再說話，眼眸微垂示意，再抬眸時她已了解他的意思。不知道為什麼，酒意已經退去，臉頰依舊發熱，她如實回答：「學校裡有課，經常會請些模特兒來。」

司羽不再說話。安潯等了一下子才說：「問這個幹什麼？」

「就是想知道有多少人被妳這樣長達幾個小時地看著。」他說完又加了兩個字，「裸體。」

「沒多少。」安潯低頭畫得認真，回答得倒是隨意。

「他們沒愛上妳嗎？」

司羽的話問出口的瞬間，安潯的畫筆在紙上一頓，她沒有抬頭，只是貌似無意地回答：「沒有。」

「是嗎？」

安潯沒接話，手中繼續忙碌著，只是這幾筆畫得潦草。她心想，這個人最好別開口，自己可能有些招架不住。

直到太陽升起，安潯才再次開口說話：「司羽，你要不要當我的模特兒，長期的？」

司羽簡直是她見過最敬業的人，從坐下起就沒再動過，包括說話的空檔，很多模特兒會趁機放鬆一下，安潯暗暗佩服他的定力。當然，她提出這個要求最主要的原因是，他讓人很有靈感。

經過一個晚上，他依舊從容：「我很貴的。」

「有多貴？」

他的眼神幽深，神情似笑非笑：「也可以免費。」只是免費是有條件的，他猜她懂。

「不免費呢？」安潯剛問出口，早晨的微風吹來，將地上的紗簾吹得鼓了起來。她連忙放下畫筆去整理，擺回之前的樣子後，確定沒風了才起身。誰知前一刻還一動也不動的司羽突然握住她的手。

他就那樣輕輕握住，力道不大，癢意卻襲遍全身，安潯頓住，轉頭看他。

司羽還是那副神情，讓人摸不透也探究不得，說道：「安潯，我明天要走了。」安潯眼眸一閃，只「哦」了一聲。

司羽似乎不滿意她的反應，不再點到為止，直捷了當地問：「『哦』是什麼意思？」安潯垂眸，靜靜的，似乎在思考如何岔開這個話題。

司羽失去了耐心，手腕用力將她拉到眼前，拉近兩人的距離，很近。

安潯有一瞬間的慌張，隨即又恢復慣有的鎮定自若。她不去看他，只輕聲說：「司羽，你沒穿衣服。」

「不用提醒，妳已經盯著我的身體一夜了。」說完，他看了手中握著的纖細手腕一眼，白皙嫩滑，他緊了緊手指，不無暗示地說，「安潯，我可以當妳的長期模特兒……」

他抬眼看著她微微閃動的眸子，安靜的畫室似乎連風聲都消失了，只有兩人輕微的呼吸聲交融著。司羽沒有接著說下去，而是試探性地將臉再湊近了些，安潯沒躲，氣氛簡直曖昧到了極點，然後，在最後一剎那，司羽微微偏了臉頰，將那個本想印在唇上的吻，掃到她的嘴角上。

安潯微驚，伸手推他，他稍稍離開一些。見她失了自若的神色，意外又慌亂，卻沒有惱怒，司羽眼眸一深，再次低頭，這次直奔目標，吻上她的唇。

安潯瞬間瞪大了眼睛，隨即眉頭一皺有些委屈，直接咬住他的嘴唇，司羽猝不及防，痛得嘶了一聲，卻沒離開，也沒生氣，反倒輕笑一聲。笑聲未落，房門突然被敲響，「咚咚咚」三聲在靜謐的房間裡響起，如敲擊在心上，安潯又羞又怒，推開他。

他靠到沙發椅背上，用指尖拭了下唇上被咬的傷口，抬眸看她，眼神充滿侵略性，有欲望，卻又不顯輕浮。安潯避開他的目光，站直，整理衣衫。司羽仰頭看著，突然笑道：「還是失禮了。」

敲門聲還在繼續，他卻置之不理。

「安潯，妳在裡面嗎？外面有人找妳。」大川的聲音從門外傳來，「安潯？」

安潯收斂心神，輕咳一聲，說：「我在。」語調平緩，竟聽不出絲毫不妥之處。

司羽輕笑，不知道是笑安潯的慌亂，還是笑她故作鎮定。

「妳看到司羽了嗎？我們找了一圈也沒看到他。」大川的聲音再次傳來。

司羽微微挑眉，卻不說話，察覺到唇上輕微刺痛，伸出舌尖舔掉下唇滲出的血珠。安潯也不看司羽，只問：「誰找我？」

「幾個男的，看起來很像富二代。」說話的是趙靜雅，用詞很刻意。

趙靜雅的話音將落，突然又傳來兩聲急促的敲門聲：「安潯，開門。」

安潯一愣，竟是安非的聲音。

趙靜雅說來人是幾個男的，有安非的話，或許也有易白。

安潯轉頭看向司羽，見他已經站起身，沒有任何閃避，就那樣走到工作檯邊拿起衣服往身上套。安潯將視線移開，越過她昨晚架起的屏風，開門出去。

隨著關門聲傳來的是外面不甚清晰的對話。

大川不放棄地再次問安溽：「妳不是和司羽一起回來的嗎？他人呢？」

「在裡面。」安溽並不打算隱瞞什麼，也絲毫不避諱，坦蕩得讓司羽覺得，他們彷彿真的只是畫了一夜的畫，清白無辜。

接著司羽又聽安溽喚了兩個人的名字，像在打招呼：「安非、易白。」

司羽那隻穿短褲的手一頓。易白，那晚他聽到的名字。

「司羽，你在裡面幹什麼？我進去了啊。」其實剛才安溽說司羽在畫室的時候，門外的氣氛就已經有些詭異了，只有大川少根筋。

剛關上的門再次打開，司羽看了眼門口的大川和不遠處的幾個同伴，問道：「才回來？」

大川隨意點頭，伸長脖子好奇地往裡面看：「你們一大早在幹什麼？那是什麼？畫室嗎？」

司羽沒理他，轉頭看向一邊。安非很好認，白皙乾淨，長著一張正太臉，二十出頭的男孩，稚氣未脫，正可憐兮兮地跟安溽說話：「不是我說妳在這裡的，是我媽說的。當然我媽也不是故意的……妳別生氣，別報復我啊。」

安溽根本沒理會他的喋喋不休，她面前正站著一個年輕男人，樣貌清俊，高眺挺拔。安溽仰頭看他，低聲問：「你怎麼來了？」

易白面無表情地凝視著安潯，淡淡地道：「妳說呢？」

安潯沒說話，轉頭看安非。安非剛平復下來的心情突然又慌張起來：「真的不是我說的，妳冷靜一點，易白你也別亂說話。」他對安潯的警告記憶猶新，甚至留下了心理陰影。

安潯忍住翻白眼的衝動：「你鎮定一點。」

安非立刻閉上嘴。

易白將視線從安潯身上移開，越過中間的幾個人，直直看向司羽。司羽神色從容淡定，嘴角微翹，回他一個極寡淡的笑容。

「司羽，你嘴唇怎麼破了？撞到了嗎？」趙靜雅關心地問出這句話，問完才驚覺不對，再想收回已經晚了，眾人視線全都移到司羽的嘴唇上。

看起來像是新的傷口，還滲著血珠。司羽轉身走向一旁的五斗櫃，抽出放在上面的面紙擦了一下，說：「沒事。」

趙靜雅盯著那傷口看了一陣子，突然一言不發地轉頭看向安潯，下意識地看她的唇，眼神中有說不出的詫異與敵視。安潯向司羽看了一眼，與司羽飽含深意的眼神相交。她淡淡地移開了視線，臉頰又有點熱了。

易白看著兩人眉來眼去，察覺到什麼，皺了下眉頭，對安潯說：「我們談談？」

朋狗友。

「好。」安溽應著，轉身看到門口靠在門框上的兩人——兩個富二代，易白和安非的狐

他們見安溽看過來，忙站直身子，嬉皮笑臉地打招呼：「嫂子好。」

一時間屋子裡又鴉雀無聲。

安溽也不回，就當作沒看到，抬腳走了出去。

兩人離開後，安非最先打破沉默。他一雙大眼睛在司羽和大川幾人身上轉了一遍，問：

「你們是安溽的朋友？」

大川抓抓頭：「算是……吧。」

安非嘀咕著：「我妹妹的朋友我都認識啊，難道你們是她的大學同學？」

司羽一挑眉梢：「你妹妹？」

安非點頭：「安溽啊，我妹妹。」

司羽好笑地看著他：「是嗎？」

安非揣測了一下司羽的神情，鼓了鼓臉頰：「好吧，我姐。」

趙靜雅「噗哧」笑出來：「你比你姐姐可愛多了。」

安非無語地看向這個陌生女人，滿臉不贊同，「安溽不可愛嗎？」說完他也不等人回答，

自己嘀咕著，「沒眼光，呿。」

趙靜雅有點尷尬，門口那兩人極不贊同地嗤笑：「那女人天天拿鼻孔瞪我們，她跟可愛一點都扯不上邊。」

安非不理他們，似乎對司羽很有興趣，一雙大眼睛毫不避諱地盯著他：「安潯從來不讓人進她的畫室，為什麼你可以進去？」

這話讓司羽很高興，但他依舊是似笑非笑的表情，反問：「你覺得呢？」

安非覺得這個人可能就是安潯逃婚的原因，可是他不敢說。門口那兩人已經如入無人之境一般坐到客廳沙發上，還伸手叫安非過去，跟在自己家一樣。

司羽看了他們一眼，走過去將昨晚放在茶几上的醫學書拿起來，剛要離開，卻聽那個髮型奇特的男人說：「你擋到我看電視了。」

電視根本沒開，這人明顯找碴，安非連忙說：「他是我姐的朋友。」

「我又不認識你姐的朋友。」那人故意強調「朋友」兩個字。剛才安潯和這人一前一後從畫室出來，他們可都看在眼裡。

司羽瞥了他一眼，滿是冷漠輕蔑。他理也不理那人，甚至連正眼也沒看一下，就當他們是空氣，拿了書便走上樓。

那人囂張跋扈慣了，見司羽這般目中無人，肚子裡一把火，狠狠踢了茶几一腳，氣得安非作勢踹他：「這是安潯家的，你再踢一下試試看！」

「怎麼？踢壞了賠十個給她。」

安非瞪他：「信不信我踢爆你？」

屋內吵吵鬧鬧，院子裡倒很安靜。百日紅這兩天開得更加鮮豔，易白很少見到這麼多熱帶植物，似乎很感興趣，他摸著花瓣：「這裡空氣真好。」

安潯將澆花專用的水龍頭打開，清洗手上沾染的油彩，突然開口：「對不起。」

雖然水聲嘩啦，但她的道歉，易白還是聽到了。

「沒什麼對不起，是我家操之過急，妳還太年輕。」易白拿起石臺上的毛巾遞給她，「不用擔心，我不是來興師問罪的。」

安潯接過毛巾，抬眼看他，有點意外。

「我一直都知道自己會娶一個家裡安排的女人，」易白突然說，「第一次見到妳的時候，我覺得還挺……滿意，比我想像中的要好。」

他們從來沒有這樣開誠布公地談過。

「漂亮、溫柔、安靜，我以為我們可以相敬如賓、互不干涉。」易白很少笑，說到這裡卻帶了絲笑意，「可是我錯了，妳還挺叛逆的，聰明又獨立，可能不會是我想要的那種妻子。」

安溽覺得有點意思：「哪種？任由你在外面花天酒地視而不見的那種？」

易白聳聳肩：「剛開始確實這樣想，我不否認。」

安溽笑，心情愉悅了許多：「正好你也不是我喜歡的類型，那我們這婚約就解除了吧。」

解除？什麼意思？易白皺眉，隨即他搖頭，轉過身正對她，鄭重地說：「不解。」

安溽收起笑容：「不解？你這樣我確實很不解。」

「安溽，如果妳想等到畢業，訂婚可以延期。」易白用商量、哄人的語氣，不似他平時高高在上的樣子。

安溽有些意外：「對不起易白，我不想延期，我想解除。」

易白不說話，沉默地看了她一陣子，像是想要看穿她。安溽解除婚約的心意很堅定，沒有退讓與閃躲，靜靜等他回答。

易白看向門口，問：「因為裡面那個叫司羽的人嗎？」

安溽還沒說話，敞開的紅色院門外突然出現一個人，四十多歲的男人，西裝革履，站得筆直挺拔。見到兩人看過來，他微微鞠躬：「打擾了先生、小姐，請問沈司羽先生是否在這裡？」

安溽一愣：「誰？」

「沈司羽先生。」那人的頭髮梳得一絲不苟，皮鞋一塵不染，即使重複同一句話也是面帶微笑，從容大度。

安溽這才知道，原來司羽，姓沈。「他在裡面，您請進。」安溽說。

「謝謝，打擾了。」那人每說一句話就要鞠一次躬。

安溽心中腹誹：這是哪來的禮儀魔人？

安溽不再理會易白，好像沒聽到他剛才的話一樣，轉身帶著那人進入別墅。

客廳裡只有安非和易白那兩個朋友，三人嘰嘰喳喳地搶奪遙控器。見安溽進來，安非連忙喊安溽幫忙。

安溽不見其他人，問安非：「司羽呢？」

「誰？」

「高高瘦瘦的那個。」她其實想說很帥的那個。

「拿著書上樓了，去書房了吧。」安非邊回答邊搶著遙控器。

安溽逕自帶那位很有禮貌的中年人上樓。那人似乎覺得聲音刺耳，終是忍不住低聲說了句：「大聲喧譁，成何體統。」

司羽確實在書房看書，安潯敲門進去的時候，他正坐在椅子上研讀昨晚那本一般人看不懂的醫學著作。他從書上抬頭看向安潯，暖洋洋的陽光透過窗戶照在他身上，好看得不得了。

安潯想，如果不是這些人打擾，她的畫應該完成大半了。

司羽見到安潯身後的人，並沒有多驚訝，也沒有起身，只是放下書，問道：「郭祕書，你怎麼來了？」

郭祕書上前兩步鞠個躬，然後看了安潯一眼，頓了頓，似乎有所顧忌，思索了一下才說：「先生讓我請您回去。」

安潯漆黑的眼珠在兩人身上轉了一圈，轉身走了出去。

郭祕書等安潯關上門，忙說：「羽少爺，先生命我訂了今晚的機票，要您馬上回英國。」

「不去。」司羽想也沒想就拒絕了，拿起桌上的書繼續讀。

「機票已經訂好了。」郭祕書溫聲說。

司羽頭也不抬：「告訴他，我不會像哥哥一樣接受家族聯姻。」

郭祕書嘀咕：「南少爺自己也願意。」

司羽挑眉看他，郭祕書嘆了口氣：「是老夫人一直吵著要見羽少爺。」

司羽拿書的手一頓，半晌才道：「我明天回去。」

郭祕書顯然還想說什麼，可外面突如其來的吵鬧聲讓他皺緊了眉頭：「羽少爺，您的朋友似乎太沒規矩了。」

司羽沒理他，這麼大的聲音一定是出了什麼事。司羽站起身，剛想開門看看外面，大川就破門而入，人還沒站穩便急匆匆地道：「司羽，我們的貴重物品都不見了！」

丟的何止是貴重物品，還有身分證和護照之類的證件。

趙靜雅哭得眼睛都腫了，坐在一樓的沙發上摟著孫晴抽抽噎噎地說：「我所有的錢，還有新買的卡地亞手鐲，都在行李箱裡……」

安非幾人被她哭得煩躁，事不關己地跑去沙灘玩了。

司羽從自己房間出來，面色少有的凝重，問：「報警了嗎？」

「報了。」說話的是安潯，她站在窗邊，回視他，眼中有著說不出的困惑。

趙靜雅聽到安潯說話便怒火中燒：「安小姐，我之前是得罪過妳，但妳也不至於這麼報復啊。」

安潯雙臂環胸看著她，淡淡道：「我沒動你們的東西。」

「昨晚就妳和司羽在家，不是妳，難道是司羽偷的嗎？他的護照也丟了。」趙靜雅怒視著安潯。

換作平時，其他人早就打圓場了，可這次，大家似乎都因為丟了重要的東西而失去判斷力，幾雙眼睛同時看向安潯，想知道是不是她為了報復才惡作劇。

司羽看了看眾人的神情，皺眉道：「不是她。」

「你怎麼知道不是她？這屋裡還有其他人嗎？」見司羽替安潯說話，趙靜雅更加生氣。

司羽看著趙靜雅，一字一句地說：「我確定不是她。因為昨天晚上我們一直在一起。」

客廳裡沉默的氣氛沒持續幾秒鐘，易白就帶著兩名員警走了進來，其中一個是阿倫。

「安潯，怎麼回事？遭小偷了？」阿倫忙問。

安潯的臥室上了鎖，所以沒有丟什麼東西，再加上對趙靜雅的態度感到不爽，索性什麼都不管：「不知道。」

另一個員警為每個人做了筆錄，最後輪到司羽，當他表示自己叫沈司羽時，其他幾個人的反應和安潯一樣，恍然大悟，原來司羽不姓司啊，大川還一副「你們不知道嗎？難道我沒說嗎？」的無辜表情。

員警見郭祕書拿著公事包立在司羽身後，站得筆直，便招呼他：「這位先生怎麼一直站著？你坐下來說吧，你丟了什麼東西？」

郭祕書看了司羽一眼，禮貌地道：「謝謝，我站著就好。我是來找沈先生的，剛到，所以什麼都沒丟。」

大川幾人這才打量起郭祕書，他的存在感太低，還以為是安潯的朋友就沒多加注意，沒想到竟然是來找司羽的。

記錄完失物後，員警例行性地詢問昨天晚上每個人都做了什麼。其他人一起出去玩，直到早上才回來，沒什麼好問的，所以主要詢問對象還是安潯和司羽。

「喂，你們不是懷疑安潯吧？」安非從門外擠進來，滿臉不爽。

「隨便問問，看看有什麼線索，你先別急。」阿倫安撫他。

「沒什麼好說的，我們昨天晚上七點鐘回來，然後我一直待在畫室。」安潯說。

「我洗完澡就去院子裡看書，十一點多的時候去了安潯的畫室。」司羽說完，看了安潯一眼，加了句，「直到今天早上大家回來。」

在場的人用眼神無聲地交流著，那員警看著阿倫，眼神帶著詢問，似乎想說還要不要接著問下去。阿倫難得有機會整整安潯，心想事後如果安潯生氣，自己只要推說是例行公事就行了，於是煞有介事地問道：「你們在畫室待了一夜？在做什麼？」

安潯瞥他一眼：「跟丟東西有關嗎？」

阿倫見安潯面色不悅，立刻心下發怵、眼神閃躲地不敢再看她，也不敢問什麼。那員警暗自覺得好笑，咳了一聲：「那倒是沒什麼關係。你們昨晚有沒有覺得哪裡不對勁？」

安潯想了一下：「院子裡的燈我出門前是開著的，回來後發現被關掉了。」

「這麼說，小偷是在他們回來之前就偷了東西嗎？」阿倫與那員警分析道，隨即又問司羽，「你回來沒發現東西丟了嗎？」

「沒有，我沒注意。」

大川無語：「你昨晚到底幹了什麼？」

司羽沒理他。

員警又問安潯：「還有別的嗎？」

安潯接著說：「半夜一點多的時候，外面似乎有動靜，我以為是大川他們回來了。」

「你沒出去看看？」阿倫忙問。

安潯瞪阿倫，理所當然地說：「我害怕。」

阿倫「哦」了一聲，也不敢嘲笑她，只轉頭問司羽：「你為什麼沒出去看看？」

安潯手指輕輕刮著沙發墊子上的花紋，心裡思忖著：李佳倫這是公報私仇吧，雖然小時候自己經常欺負他，但誰不是年少輕狂，這人還真是小心眼。

司羽全程沒怎麼說話，聽到阿倫問他，看了安潯一眼，安潯一副看熱鬧的樣子，想看他怎麼圓。沒想到，沈司羽異於常人，竟然直捷了當、毫不遮掩地道：「我當時沒穿衣服。」

安潯刮著花紋的手指微一用力，猛地頓住。

他還真敢說！

樓梯右側靠牆的大落地鐘滴答滴答地走著，聲音在鴉雀無聲的客廳裡顯得十分清脆，緊接著就是整點報時的鐘聲。伴隨著易白離去的巨大關門聲，一時間整個別墅似乎都震了一下，然後，所有的聲音戛然而止。

阿倫和那個員警離開了，只說會盡快幫大家找回失物，走的時候阿倫還一副「安潯妳變了，再也不是我認識的那個單純小女孩了」的神情。

安潯懶得理他。

趙靜雅眼眶比剛才更紅，聲音沙啞，對準備上樓補眠的安潯說：「妳都有未婚夫了，為什麼還要招惹司羽？」

司羽正在和郭祕書說話，聽到聲音轉過頭來。

安潯一夜沒睡，一早又發生這種鳥事，趙靜雅還一副咄咄逼人、誓不甘休的架勢，她十分不耐煩，語氣不善地道：「關妳屁事。」一句話嗆得趙靜雅滿臉通紅。

安非向趙靜雅投去一個同情的眼神，心道：這人得罪安潯，不是自找死路嗎？

安潯光著腳，寂靜無聲地走上樓梯，到達二樓後才又低頭看向趙靜雅，因為居高臨下，黑色頭髮如瀑布般從身後滑下。她眼角帶著說不出的風情，語調輕轉道：「誰告訴妳是我招惹他的？」說完順便瞥了樓下站著的司羽一眼，一雙熠熠生輝的眼睛好像在說：你的爛桃花真煩人。

司羽眸子幽深，像在回味她那風情萬種的一瞥，突然彎起嘴角笑起來，微微側身對郭祕書交代了兩句，長腿一邁也上了樓梯。

大川忙問：「你去哪裡啊？」

司羽邊上樓邊慢悠悠地回答：「去招惹她。」

安潯拿了換洗的衣服準備去浴室洗澡，忽然聽到敲門聲，轉身看過去，來的人是司羽。

司羽站在敞開的門外輕聲詢問：「可以進去嗎？」

安潯示意了一下自己懷裡的衣服，說：「我要洗澡了。」

她把頭髮綰到頭頂，一張素白的臉和白皙修長的脖頸沒有頭髮的遮擋更顯精緻。他挑眉淡淡地「哦」了一聲，但沒有離開的意思。

安潯猶豫了一下，問道：「找我有事？」

司羽雙臂環胸靠在門框上，似笑非笑地看著她：「妳剛才為什麼不解釋？」

安潯卻問：「你又為什麼故意那麼說？」

司羽笑，眉眼突然帶了絲狡黠和挑釁：「我就是說給他聽的。」

窗邊的手工貝殼風鈴叮叮噹噹地響著，安潯背光站在司羽面前，良久才勾唇一笑：「我知道。」

司羽眼眸深意更濃，壓低了聲音：「別這麼笑。」

「嗯？」安潯疑惑地瞥了他一眼。

司羽上前一步，手撫上她的臉頰，彷彿熟門熟路，頭一低就要吻上來。安潯一急，連忙將手裡的衣服蓋到他臉上。司羽悶哼一聲，伸手扯下衣服。安潯見他髮絲凌亂，一臉無奈地看著自己，忍不住笑起來。

笑聲和窗邊風鈴聲一樣清脆悅耳，司羽想，這是自己聽過最好聽的聲音了。他抬手準備將衣服還給安潯，卻突然發現什麼，食指微屈將衣物中的內衣挑起來，拇指摩挲著邊緣的蕾絲抬眼看她：「叫妳別這麼笑，妳還越笑越起勁啊。」

安潯斂了笑容，搶過衣服，也不看他，說：「我要洗澡，出去！」

司羽點頭，輕聲說：「好。」但他沒轉身離去，而是在她面前攤開手。黑色蕾絲內褲，在他手心皺成一團。他的手指修長潔白，和那一團黑形成鮮明對比。他低頭看看，有些疑惑：「為什麼這麼小？」

儘管安潯在安非、阿倫面前傲嬌強勢，此刻她的臉還是因為這句話而整個漲紅，伸手搶過內褲，咬牙切齒地瞪著他：「沈——司——羽——」

司羽笑起來，像是故意要惹怒她，笑聲開懷。安潯伸手推他出去，他舉起雙手，說：「好，立刻就出去，別生氣。」

安潯「砰」一聲把門關上。

司羽摸摸差點被撞到的鼻頭，心情大好地轉身離開。

安潯泡了個熱水澡，幾乎快要睡著時才懶洋洋地從浴缸裡出來，準備吹個頭髮就去補眠，不料聽到急促的敲門聲，接著是安非的聲音：「安潯，門口停的越野車是誰的？」

安潯開門出去，司羽也正從書房走出來，率先開口：「我的，怎麼了？」

易白的那兩個朋友，囂張跋扈，無法無天。他們開著一輛改裝過的巴博斯把郭祕書的車撞凹了，司機下來理論卻被兩人打得鼻青臉腫，隨後他們又把司羽的車推進海裡。

郭祕書十分不解這兩個年輕人為何如此。

司羽幾人出去的時候，牧馬人已經陷進淺灘，在海浪拍打下，搖搖晃晃。

「易白哥開車先走了。向陽他們本來跟著離開了，不知怎麼又繞回來，知道切諾基是安潯的不敢動，所以就把氣出在那輛牧馬人上。」安非為司羽感到擔憂，卻又隱隱透露出想看熱鬧的心思，「向陽一向橫行霸道，你說你碰安潯幹什麼？」

「一向橫行霸道？」司羽看著走過來的兩人，輕輕「呵」了一聲，「有多霸道？」

那個叫向陽的走在前面，盯著司羽笑得不懷好意：「你的車啊？不好意思啊，我的車不聽話撞了你的車。這樣吧，我們賠你一點錢私下解決了？」

司羽看著他，一言不發，像是在等他接著說下去。

向陽以為司羽不說話是默認。他嘲諷一笑，從口袋裡掏出兩百塊錢，一掌拍在司羽胸前：「不用太感激。」說完，他看了安潯一眼，似乎想說什麼卻又有所顧忌，到嘴邊的話硬是吞了回去，半晌只從鼻孔裡擠出一個「哼」。

司羽沒動，兩百塊錢隨著那隻手離開而飄落在沙地上。大川覺得欺人太甚，罵了句髒話，怒火沖天地就要動手。司羽伸手攔住他，其餘跟來的幾人也勸大川冷靜。他們不想得罪這兩個人，覺得司羽應該也是。

司羽看著向陽，半晌才慢慢開口，一字一句清晰地說道：「郭祕書，報警，再把律師叫過來。」

「好的，叫幾個？」郭祕書掏出手機。

「有能力告到他傾家蕩產的律師，全都叫過來。」司羽說話時眼神沒從向陽身上移開分毫。

向陽和另一個人對視一眼，輕蔑一笑：「嚇死我了，別雷聲大雨點小，能動得了我的人可不多。」

司羽像是看兩個幼稚小孩一樣，淡淡地道：「是嗎？」

隨著尖銳的煞車聲傳來，易白從不遠處的公路上找了個岔口跳下來，走過來便問：「你們幹了什麼？」果然是在一起混久了，他只看一眼就知道他們闖禍了。

「沒什麼，幫你出口氣，把他的車推到海裡了。看到沒，車在那裡漂著呢。」向陽自豪地指了指那輛紅色越野車。

易白看了看，不滿地皺眉，但也沒說什麼。這事對他們來說，就像家常便飯，和小孩子胡鬧的惡作劇差不多，無傷大雅，所以他雲淡風輕地對安潯說：「找保險公司，理賠的事我和妳聯絡。」

安潯「哦」了一聲，卻說：「我不管。」

易白愣了一下，還沒說話就聽司羽說道：「你知道那是誰的車嗎？」這話是對向陽說的。

向陽無所謂地一笑：「我管是誰的車，不過一輛破越野車，就算十輛，老子我也買得起。」

他的話音一落，一直按兵不動的司羽突然伸手扯過向陽的衣領，甩手將他摔到地上，用克制卻又冷到骨子裡的語氣說：「你給我滾到海裡把車撈上來，它不上來你也別上來。」

誰都沒料到司羽會突然動手，也被他的氣勢震懾，一時間都愣住了。躺在地上的向陽和他那個站著的同伴反應過來，剛想衝上去，就聽到不遠處有人喊：「你們又怎麼了？我剛走到半路就把我叫回來，打架啊？」

阿倫站在公路旁看著下面沙灘上的人，氣呼呼地道：「全上來，回局裡談。」

向陽到了派出所後矢口否認自己是故意的，說：「撞郭祕書的車是因為腳滑沒踩住煞車，然後太慌張了，才又撞上不遠處的越野車。多虧了牧馬人在前面擋著，不然我可能一踩油門衝進海裡，事情就大條了，說真的，是那輛車救了我的命。」向陽一副嬉皮笑臉、油嘴滑舌的樣子，和之前那張揚跋扈的嘴臉判若兩人。

來之前易白對他說，這裡不是春江，把事鬧大了不好收拾。

司羽從頭到尾都沒再說話，全權由郭祕書一人負責。郭祕書表達得簡潔明確，意思清晰明瞭：這並非單純的交通事故，需要請相關部門調查，下午他們的律師來了會要求看報告，還有司機的驗傷結果，醫院很快就會送來。

他措詞禮貌，邏輯清晰，要求合理，雖沒拍桌子橫眉豎目，但態度堅決強硬，看起來不那麼好對付。

派出所走廊裡有哭天喊地的阿姨說女婿不孝借錢不還；有醉酒的大叔在地上打滾怎麼也不跟前來領人的妻子回家；有找不到媽媽號啕大哭的小女孩……總之，亂成了一團。

面對郭祕書的兩個員警面面相覷，心想：要是每天都遇到這樣的人，工作該有多輕鬆，不肯用多費唇舌，公事公辦。

「那位沈先生，他們說你動手打人。」之前和阿倫去安潯家的小員警對不遠處坐著的司羽說。

司羽抬眼看了看那邊坐著的三個人，「哦」了一聲：「手滑了。」

手滑了……

「你胡說！」向陽一聽這話火氣就上來了。

「坐下，喊什麼！」阿倫大吼一聲，向陽鐵青著臉坐下。

司羽看都沒看向陽，嘴角難得地帶了絲嘲諷，漫不經心地說：「想幫他整理衣領，結果手滑了把他摔到地上。」

整理衣領，誰信？

既然他們能腳滑，那司羽為什麼不能手滑？那個員警和阿倫用眼神無聲地交流著：可信。易白看了向陽一眼，知道他的脾氣，被人摔在地上的恥辱，他肯定忍不了，但還是低聲勸他：「忍忍。」

筆錄做得很快，沒有什麼其他要說的，講來講去也只是沈司羽和向陽的私人恩怨。阿倫站起身，伸了個懶腰：「大家回去吧，耗了大半天，有什麼情況我找郭祕書。」他說的「大家」，並不包括向陽。

大川幾人陸續起身。司羽下意識地看向安潯，整個過程都很安靜的女孩，不知道什麼時候已經睡著了。窗邊角落隱蔽，她雙臂環胸、低著頭呼吸均勻，看起來睡得正香甜。也不知道她從哪裡找來一頂鴨舌帽套在頭上，帽簷壓得低低的，遮擋刺眼的陽光，穿著短褲的腿搭在矮桌上，讓人不自覺地順著腳踝往上看，直到短褲邊緣。

司羽眉頭一鎖，走近她幾步轉身擋住別人的視線：「你們先走吧。」

趙靜雅連看都不想看他們一眼，踹了門第一個走出去。大川抓抓頭，和其餘幾個人陸續離開。

向陽見他們走了，問阿倫：「喂，我們呢？」

阿倫斜眼瞥他，語氣不善：「喂什麼喂？」

向陽像吃炸藥了一樣，遇到一點火星就爆，見阿倫對自己如此態度，破口大罵地站起來，踹了旁邊的椅子一腳，不服氣地怒道：「你是什麼東西，敢這麼跟我說話！」

向陽忘了這裡是汀南的派出所，沒人認識他，也沒人慣著他。他剛吼完，幾個員警都跟著站起來。此時稍年長的組長推門進來，他被走廊上的人吵得頭痛，進屋發現向陽也不老實，立刻喝斥：「鬧事啊，知道這是哪裡嗎？坐下！」

阿倫走到向陽面前，伸手推著他靠到牆角：「故意損害他人財物以及危害公共安全兩項罪名，你還想走？蹲在旁邊好好想想。」

向陽氣得臉都綠了，但還算有一絲理智沒動手襲警，只心裡憤恨地想著這要是在春江，自己勢必要鬧個天翻地覆。

「你們兩個可以走了。」其他員警示意易白和另一個人離開。

易白倒是沉得住氣，慢悠悠地站起身，對向陽說：「你先待著，不會有事。」

向陽咬牙「嗯」了一聲。

易白面無表情地和另一個人向外走去，手搭上門把時，突然回頭看向站在安潯身邊的司羽。司羽抬眸回視，易白輕笑一下，笑容並不那麼友好，似暗含警告，似在宣戰。

司羽不以為意，收回視線看向安潯，見她依舊是那個睡姿，這麼大動靜連動都沒動，想來是累壞了。

身邊有人來來回回走著，電話鈴聲接二連三響起，其他人知道他們是阿倫的朋友，所以沒來趕人。司羽在安潯旁邊蹲下，歪頭看著帽簷下的睡顏：那雙總是亮晶晶的眼睛安靜地閉著，睫毛黑長濃密，彎彎翹翹的，小巧的鼻頭有層薄汗，嘴唇粉嫩嫩地嘟著……

司羽突然心猿意馬起來，想到早上親她時那溼軟的感覺，躲避的舌尖，以及她緊張得滿是汗的手心就那樣覆在他腰間胸前推拒著他，讓他的皮膚又燙又癢……他的手指微動，還沒伸手突然感覺到身旁的動靜。

阿倫察覺到司羽在看他，伸在半空中的手一僵，一臉無辜地說：「我……我拿水杯。」說著，他小心地拿起桌上的保溫杯，目不斜視地離開。

司羽伸手輕推了下安潯：「回家睡。」

她一動也不動，司羽以為她沒醒，再次伸手過去，卻還沒碰到人就聽她低聲道：「不。」

她除了嘴動，哪裡也沒動，懶洋洋的樣子。司羽失笑，再次注意到她鼻尖上的薄汗，起身走到窗邊將窗戶全部打開。還好，沒有風，空氣溫暖。

等到安潯迷迷糊糊地醒來，外面的天空已經陰雲密布，似乎快要下雨。派出所就剩一個大叔和一個年輕女警員坐鎮，其他人都不在，她甚至不知道大川他們什麼時候走的。

司羽沒離開，坐在她身旁的椅子上，安靜地趴在桌上，臉朝著她的方向睡得很沉。安潯看了他一眼，對倒水給她的女警員說了聲「謝謝」，隨即若無其事地看向其他地方，視線繞了一圈，又不自覺地回到熟睡的司羽身上。

女警員還沒走，偷偷瞄著安潯。安潯察覺到她的視線，輕笑道：「怎麼了？」

女警員有些不好意思，覺得自己失禮了，解釋道：「就覺得你們這對太養眼了。」

安潯疑惑地挑眉：「這對？」

女警員笑得甜甜蜜蜜，看了眼司羽，小聲說，「妳睡覺的時候太陽正好照在妳身上，偏偏這邊的百葉窗壞了，他就一直站在窗邊替妳擋陽光，太陽走到哪裡他就移到哪裡。剛剛天氣變陰了他才坐下，大概是累壞了，一坐下就睡著了。」女警員見安潯不作聲地低頭凝視司羽，繼續道，「他襯衫上的汗還沒乾透呢，原本溼了一大片。」

不遠處看報紙的大叔「呵呵」一笑，對女警員說：「妳也趕緊找個男朋友吧，就不用羨慕別人談戀愛了。」

女警員臉上一紅，要他別取笑自己。安溽始終沒說話，只是看著司羽。有涼風順著窗戶吹進來，安溽起身把所有的窗戶都關上了。

大川打電話給司羽的時候，安溽正拿著手機在寄郵件。司羽被手機振動吵醒，抬頭看了安溽一眼，隨即視線又被手機螢幕上的字吸引。

『收件人：沈司南。』

司羽的視線停在那裡，手機不知疲倦地嗡嗡振動著，半晌，他才起身走到窗邊接電話。

安溽把郵件內容寫完寄送出去，見司羽已經掛斷電話，背靠著窗，邊把玩手機邊看著自己，她問：「怎麼了？」

司羽將手機收進口袋裡，說：「大川說海邊來了很多人，車子弄上來了，要我們去看看。」

計程車上安潯一直拿著手機等郵件，通常沈司南回信很快，這次卻一直沒動靜。

司羽付了錢示意她下車，同時看了安潯的手機一眼，隨口問道：「想問沈司南是不是有個弟弟叫沈司羽？」

安潯驚訝地看向他。

司羽笑笑：「為什麼不問我是不是有個哥哥叫沈司南？」

安潯愣了一下反應過來，瞪他一眼：「偷看？」

「你們很熟嗎？」這是司羽第二次問起她和沈司南。

「還好。」安潯開門下車，回答得很隨意。

他沒再問什麼，兩人一起走向海灘。確實如大川所說，海邊的人多得不得了，許多遊客圍觀，還有員警維持秩序，保險公司的人員以及沈家叫來的幾個律師也在，陣仗非常大，不知道的人還以為是出了凶殺案。

郭祕書看到司羽走過來，恭恭敬敬地彎腰行禮。其他幾個律師熱情地稱呼他為「小沈先生」。安潯在一旁聽著，默默回味了一下這個稱呼，覺得還挺好聽。

保險公司的人仔細查看著車子，預估損失的金額。大川和趙靜雅他們走到司羽身邊，幾人偷偷打量他，只有大川明目張膽地拉著他左看右看：「你還是當初那個和我在日本一起打工的司羽嗎？」

「怎麼了？」司羽的視線從車子上移開，轉頭看向大川。

「郭祕書說，那些都是你家的律師。你家開律師事務所的？」大川瞪大眼睛盯著司羽，見司羽沒有答話的意思，他不放棄地繼續問，「你跟我一起打工該不會是要體驗生活吧？」

司羽依舊沒理他，而是抬腳向車子走去，速度極快。大家以為出了什麼事，連忙看去，只見他走到後車廂，伸手接過保險人員手裡的一幅畫，面色凝重地看了兩眼後突然看向安潯。

工作人員繼續從後車廂拿出畫卷，一卷，兩卷，三卷，四卷……

每一卷都滴著水……

安潯雖然離得遠，但還是隱約看到了展開畫卷上的圖案。她沉默半晌，突然說了句：「那是我的畫。」

聲音喑啞，低沉。

大川「哦」了一聲，突然反應過來驚叫道：「什麼！」他還記得網路上說，她的一幅畫曾經拍到二十多萬歐元。

「為什麼妳的畫會在司羽車上？」大川說完，又嘟囔道，「啊，那應該是司羽哥哥的車。」

「這是司羽哥哥的車？」安潯問完，也不等大川回答便走了過去。

司羽顯然不知道後車廂放了那麼多幅畫。他一張張攤開，眉頭逐漸緊鎖，見安潯過去，想收起來，但注意到她沉重的神色，便又什麼也沒做。

他手裡拿著的正是她當年的那幅成名作〈犀鳥〉。畫因為噴了亮光漆，所以即使泡了水，表面上看起來也沒有什麼大礙。

安潯目不轉睛地看著畫，司羽目不轉睛地看著安潯。半晌，他才輕聲問：「還能補救嗎？」

安潯小心翼翼地伸手撫了撫那隻犀鳥色彩豔麗的長嘴，聲音微顫：「畫布乾了會縮水，油彩就會開裂。」

救不回來了！安潯垂眸深吸一口氣，心痛，真的心痛！

司羽看著她，片刻後小心地收起畫交給保險人員，對郭祕書說：「把這些都裝起來，找人修復，多少錢都無所謂。」

郭祕書點頭：「南少爺買畫的收據都在，修復不了的話我們會讓向陽一分不差地賠償。」

「想辦法修，」司羽看著他，言簡意賅，態度明確，「能修到什麼程度就盡量修。」

郭祕書一愣，司羽如此沒得商量的強硬態度並不常見。

畫卷一卷一卷地被捧出來裝進透明袋子裡封好，一共七卷。

安潯見司羽神色凝重，以為他回去沒辦法交代，便慢慢開口：「沒關係，我再畫幾幅送你……哥哥。」

兩年多前，安潯在義大利佛羅倫斯完成了〈犀鳥〉，請一間畫廊幫忙賣。畫廊老闆將翻拍照片上傳到一個小拍賣網站上拍賣，本來是不期望能賣到多好的價錢，可誰知道，有兩個買家因為這幅畫槓上了。兩人你來我往不斷加價，這幅畫最終賣出了二十二萬歐元的價格。

於是，很多人知道了〈犀鳥〉，也知道了安潯。後來，在教授的撰稿推薦以及媒體的推波助瀾下，安潯一夕成名。而那個以二十二萬歐元拍得此畫的買主，正是沈司南。

自那之後，安潯的畫陸陸續續賣出，各地的買家都有，歐洲的、美洲的、亞洲的，但最忠誠的買家始終是沈司南。他對她的畫，情有獨鍾。一年多前他跳過助理，直接和她用郵件聯絡，兩人如老友般，偶爾問候，偶爾閒談。

原來，沈司羽的哥哥，真的是沈司南。

司羽的心情並沒有因為安潯的話而有所好轉，他說：「修復畫並不全是為了司南。」

「嗯？」安潯不解。

他伸手摸了摸她的頭髮，語調溫柔：「妳心痛得眼眶都紅了。」

安潯怔住。

不全是為了沈司南，還為了安潯。她心疼畫，他心疼她。

天氣有點反常，突然陰雲密布又突然下雨，保險人員剛把畫裝好，雨就淅淅瀝瀝地下了起來，司羽雙手擋在安潯頭上：「去那邊。」

兩人向立在沙灘上的太陽傘快步走去，這一路，司羽雙手一直撐在她的頭頂。細雨中安潯抬頭看他，他的頭髮溼了大片，絲絲縷縷貼在額前，雨水順著鬢角滑到下巴，越過喉結……察覺到她的視線，司羽低頭，輕道：「看路。」

安潯恍然調轉視線，心想：少女思春了，竟然想到他的吻。

大川幾人已經到了傘下，安潯和司羽擠進去後，大川賊笑著湊過來：「司羽，原來你暗戀安潯。」

安潯心臟突地跳了一下。

大川繼續說：「竟然在車裡偷偷藏了人家那麼多幅畫。」

司羽正低頭用手撢掉頭髮上的水，聽他這麼一說，頓了頓，又繼續撢。

安潯因為快走，小臉紅撲撲的，見司羽不說話，大川又一副打破砂鍋的模樣，便解釋道：「那些畫，都是他哥哥從我這裡買的。」

大川恍然大悟：「這樣啊，不過司羽你哥也太大意了，那麼貴的畫，就這樣捲著放在車裡。」

這正是安潯疑惑的，難道沈司南喜歡到隨身帶著走嗎？

司羽用T恤擦了擦脖子上的水珠，對安潯解釋：「這些畫之前一直放在英國，後來我哥準備長期留在國內就叫人寄了回來，放在車裡大概是準備送去裱框。」

「結果你不知道，就把車開來了，然後好巧不巧地被那神經病推進海裡。比起來那輛車就一點都不值得心疼了！」大川嘟嘟囔囔地說著，氣憤握拳，「這麼多畫，值多少錢啊？」

見沒人理他，他湊近安潯：「安潯，多少錢？」

「……一百多萬吧。」安潯輕聲回道，「折扣價。」

大川長吁一口氣，想說：還好，不貴。

司羽側頭，薄唇輕啟，吐出兩個字：「歐元。」

大川一口氣憋了回去。傘下的眾人面面相覷，沉寂良久，大川喘過氣，說出眾人心聲：「我竟然和兩個千萬富翁站在同一把傘下。」

他還沒感嘆完，郭祕書就拿了傘和手帕過來，遞到司羽面前，說：「快擦擦水，您要是感冒了，我回去可沒辦法交代。」司羽接過去就將手帕給了安潯，動作自然得不能再自然了。

郭祕書轉頭衝進雨裡：「我再去找一條。」

「小沈先生，那些畫未來有很大的升值空間，如果無法修復，我們有信心告到他們傾家蕩產。」郭祕書剛走，傘下又來了幾個律師。

「你們再想別的辦法。」換句話說，畫要想盡辦法修復，沒得商量。安潯在一旁，默默地捲著剛才塞進手裡的手帕。

「其實可以找那位畫家再畫幾幅，甚至不用先生您出面……」其中一個律師還想再勸，畢竟從畫入手索賠的話，解決這件事簡直易如反掌，結果他還沒說完，就發現司羽沉下了臉，於是不敢再說。幾個律師心想：有捷徑不走非繞遠路，這是要考驗他們還是怎樣。但大家都是人精，雖心有腹誹，表面上還是恭敬地說，「好的，一定辦妥。」

其餘人看到這個架勢，終於頓悟：沈司羽家一定非富即貴，隨便一通電話就找來一票律師，隨便一輛車裡面就堆著上千萬的名畫。

大川在他後面委屈地嘀嘀咕咕：「司羽我看錯你了，你欺騙我，你是怕我跟你借錢嗎？還跟我裝窮……」

司羽心緒不寧，彷彿沒聽見一樣，頭也不回。

趙靜雅在司羽身後盯著他看啊看，看得眼睛都有點酸了，好半天才戀戀不捨地轉頭對孫晴說：「我怎麼就沒追上他呢？」

孫晴不知道該如何回答。又過了半晌，趙靜雅突然想到什麼，驚呼：「我竟然還說要幫他找工作。」

眾人：「……」

雨雖然慢慢小了，但一直沒有停止的跡象。郭祕書送來幾把傘，眾人三三兩兩撐著傘走回別墅。走到門口的時候，斜坡上突然開下來一輛車。

開車的是易白，副駕駛座是向陽，笑得不可一世。大川怒道：「他怎麼這麼快就出來了？」

因為下著雨，易白沒下車，降下車窗，對站在門簷下的安潯說：「我先回春江，我們的事以後再談。」

安潯見到向陽就生氣，毀了她那麼多畫還敢笑，索性也不理易白，轉身開門準備進院子，卻見安非急匆匆地開門出來。

安非環視一圈，奇怪道，「這麼多人，怎麼了？」說著他也不等別人回答，三兩步跳上易白的車，「安潯我先撤了。」

然後他還不忘看了站在郭祕書傘下的司羽一眼，一副玉樹臨風的模樣，怪不得安潯甩了易白。他笑瞇瞇地對安潯眨眨眼，做了個守口如瓶的手勢。

安潯沒理他，轉身進入院子，進去後還下意識地看了燈一眼，開著的，放心了。

上午阿倫告訴她，她昨晚回來的時候燈關了，代表小偷已經來了，心虛怕亮才關了燈，半夜一點多她聽到的動靜，很可能是小偷離開，中間這麼長時間，小偷也許一直在房子裡。安潯當下一陣毛骨悚然，然後認真地思考阿倫有什麼把柄在自己手裡，將來一定要報復回去。

易白調轉車頭準備離開，向陽所坐的副駕駛座正好對著司羽，他降下車窗，聳聳肩笑著，神情滿是挑釁：「沒辦法，這麼輕易就出來了。再見啊，我走了。」

司羽看著他，淡淡地說：「會回來的。」

向陽像聽笑話一樣，「呵呵」笑了兩聲：「那你等著吧。」

晚飯是趙靜雅和孫晴做的，還邀請了安潯。安潯也沒客氣，畢竟實在太餓了。

下午圍繞在眾人之間的靜默氣氛一直持續到餐桌上，最能說的大川話也變少了，眼珠子一直在司羽身上轉。其他人也是，雖然在用餐，眼神卻不住地打量著司羽。司羽像是沒什麼胃口，也沒什麼心情，吃得極少，早早放下筷子離開餐桌，全程對他們探究的眼神視而不見。

吃完飯，眾人正互相推著洗碗的工作，門鈴忽然響了起來。安潯坐在沙發上看著電視，司羽端了杯水走進客廳，他看了大川一眼：「開門。」

大川眨眨眼，看了房子的主人安潯一眼，見安潯事不關己地看著電視，「哼哼」兩聲，便嘛嘴去開門。

「我們又不認識這裡的人，肯定是找安潯的呀。」趙靜雅瞥了安潯一眼，對她不去開門的行為很是不滿。

安潯看了她一眼：「我也不認識。」

趙靜雅最受不了安潯漫不經心的態度，氣得要死卻又被嗆得半晌說不出話。

大川很快回來，走到司羽面前，小聲說道：「外面一個年輕女人帶著個男孩，說是要找你！不會是你留下的風流債吧？」

司羽和安潯對視一眼，立刻心有靈犀想到同樣的人，安潯說：「讓他們進來。」

來人果然是梅子和天寶。梅子怯生生地站在門口也不進來，遠遠看著他們：「安小姐、沈先生。」

「喲，你們都認識？」大川大感意外。

梅子將一個用塑膠袋纏了幾圈的東西交給司羽，說：「我在路邊撿到的，認出來照片上的人是你，就送來了。」不只是司羽，其他幾人的東西也在，丟失的證件整整齊齊地裝在最普通的塑膠袋裡。

安潯招呼他們進來喝水，梅子直搖頭，沒停留，帶著天寶匆匆離去。幾個人大大吐了口氣，興沖沖地研究第二天回去的航班，七嘴八舌地抱怨著多請了一天假，回去要看老闆臉色。

司羽坐在沙發上，手裡把玩著護照，一圈一圈地轉著，一下一下拍在茶几上。輕微的咚咚聲，神奇地和安潯心跳的頻率同步。

他的視線一直停留在拿著遙控器亂轉臺的安潯身上，安潯終於無法再忽略他的視線，轉頭問他：「想看什麼節目？」

電視上正在播巧克力廣告，一對情侶熱情對視著，廣告詞是：縱享絲滑。安潯腦中突然閃現黑紗下性感的他。

司羽將護照放到桌子上，倚向沙發，說：「隨便。」

安潯察覺到眾人探尋的目光，於是看了司羽一眼，便將遙控器放到離他近的地方，站起身走向畫室。

眾人的視線隨即被擋在關上的門外，司羽沒有像其他人一樣看過去，而是拿起遙控器，關了電視，然後起身走到畫室門口，在眾目睽睽之下，開門，進去，關門，上鎖。

最吵的電視機關掉了，嘰嘰喳喳的大川也消了音，安靜的空間裡，落鎖的聲音格外清晰乾脆。

氣氛太微妙，大川輕咳，連忙招呼道：「吃飯，吃飯，來來。」

趙靜雅怒道：「你有病吧！碗都收了還吃什麼！」說完轉身噔噔噔地上樓了。

大川一撇嘴，十分委屈：「關我什麼事啊，進安潯畫室的又不是我，鎖門的也不是我。」

「你進去她就不生氣了。」有人說。

「我也不敢啊。」

「怕安潯？」

「怕司羽！」

安潯在看昨晚的畫，司羽跟進來她絲毫不覺得意外，頭也沒抬地問：「鎖門幹什麼？」

他沒說話，向她走去。安潯伸手將畫板轉過去，歪頭朝他笑。

司羽挑眉：「不讓我看？」

「沒畫完。」

司羽點頭，伸手開始解襯衫釦子，一顆、兩顆、三顆……

安潯沒想到他竟然如此主動獻身，水潤潤的眼睛左看右看，然後低頭看畫，問：「昨天到現在你只睡了一下子，還可以嗎？」

「安潯，我明天就走了。」司羽將襯衫搭在畫板前的椅背上，然後伸手去解皮帶，因為下了雨，天氣涼了很多，沖過澡後他便換了長褲，剪裁合身的褲子襯得腿又長了一大截。

「啪嗒」一聲脆響，皮帶釦解開，和剛剛門上鎖的聲音一樣，震得人心弦亂顫……安潯再次轉頭看畫：「沒關係，我不是很急。」

「不是怕妳畫不完，我只是想在走之前，」他將長褲褪下，見安潯始終低著頭，他溫柔地看向她，輕聲道，「和妳待在一起。」

安潯轉身去拿油彩，也不接話，過了好半天才平復心緒抬頭看去，他已經坐在沙發上——一絲不掛。她若無其事地走過去把落地窗關上。看著窗外鬱鬱蔥蔥的植物，想著應該沒有人會穿過這些植物晃過來，除非吃飽了撐著，那司羽可就成豔星了，想到這裡安潯忍不住笑了一下。

「安潯，以後妳若要求人辦事，不用說話，」司羽的聲音突然從一旁的沙發上傳來，「只要對他笑就行了。」

安潯正在幫他擺正黑色紗簾，頓了頓，終於忍不住問：「沈司羽，你有過多少個女朋友？」

司羽意外她這麼問，黑色的眼眸閃著幽幽的光亮看著她：「如果妳介意，我可以一個都沒有。」

安潯轉身往回走：「我不介意呢？」

「確實一個也沒有。」帶了絲笑意的聲音從她身後傳來。她撇撇嘴，一點都不信。

「不信？」他像是能洞察人心，挑眉問道，「司南沒提過我嗎？」

安潯坐到畫板後面，回答：「我們只是泛泛之交，而且已經很久沒聯絡了。」

「我記得他去年訂婚有邀請妳。」

他不提，安潯都快忘記還有這回事。竇苗確實曾經轉交一張請帖給她，不過那時她忙著期末考，便寫了封郵件恭喜他了事。

「妳那時候要是去了，」司羽意味深長地看著她，「或許我現在就用不著這麼做。」

「做什麼？」

「……脫光了來誘惑妳。」

這人……這人……安潯用力戳了戳顏料，心想：誰會信他沒有交過女朋友？

時間一分一秒過去，外面漸漸沒了動靜。時至午夜，大家似乎都睡了，可司羽依舊不顯睏頓。隨著夜色深重，他凝視安溽的眼睛也越發幽深。安溽不太敢看他的那雙眸子。

見她刻意閃避，他語氣真誠地問道：「安溽，我是不是太急切了？」

他的聲音在寂靜的夜裡，如清風般溫和地吹進安溽耳中。

安溽一時沒反應過來：「嗯？」

他坐在她對面不遠處，明亮的燈光照在睫毛上，留下小片陰影，說話間只有嘴脣微動：「我只對妳這樣。」

安溽：「……」

「這樣費盡心思，撩撥。」

安溽垂眸看著畫，靜默半晌，慢慢「哦」了一聲。

她一畫起畫來就會慢半拍，這個反應讓司羽無奈地輕笑：「沒關係，慢慢來。」

安溽邊清洗畫筆邊「嗯」了一聲。

真是遇到對手了，司羽心想，為什麼她不能像其他女孩一樣，對他喋喋不休呢，那樣他會很高興。想到這裡，司羽心下又覺得好笑，他好像最討厭女人說個不停。

凌晨一點多，畫室的溫度隨著外面的氣溫慢慢降低。安溽察覺到有點冷，司羽卻依舊光裸著身子安靜地坐在窗邊的沙發上一動也不動。

「你冷嗎？」安潯本想問他需不需要開暖風，卻見他的臉色比之前紅潤不少，不免想歪，下意識地低頭去看紗簾下的胯部，想知道他是不是「失禮」了，「或者……熱？」

「都還好。」但聲音比之前沙啞了不少，他自己也挺意外，低頭輕咳一聲，聲音悶悶的，「應該不太好。」

安潯放下畫筆，走過去摸他的額頭，有點熱。兩夜沒睡好，白天又淋了雨，當然會生病，安潯不免有些自責。她放下貼在他額頭上的手，剛想離開，不料卻被他伸手環腰抱住，臉順勢就埋在她懷裡，輕聲說：「安潯，我感冒了。」

「嗯。」安潯怔怔地站著，不知道手該放到哪裡。

「安潯，讓我傳染給妳吧。」抱著安潯腰的手臂收緊了些，本來就悶悶的聲音，埋在她懷中顯得更悶了。安潯繼續發愣，什麼叫傳染給她，難道這種時候不應該說「妳離我遠一點，免得我傳染給妳」嗎？

安潯伸手輕輕拍了拍他的背，安撫似的說：「我去拿藥給你。」

司羽點頭，鬆開她。安潯剛鬆了口氣，他卻突然伸出手指勾住她圍在身前的圍裙，微一用力將她拉了過去，另一隻手壓下她的脖頸。他微一抬頭，便親到她的唇上。

安潯懵了半天才能思考，剛剛他不是還說要慢慢來嗎？

他的力氣很大，安潯被他擁進懷裡無法抵抗。她輕輕掙扎著，他卻越發放肆，手順著衣服下襬伸進去……安潯驚醒，手忙腳亂地想要從他懷裡抽身，卻一不小心跌坐到地毯上。司羽起身去扶，安潯突然低低輕呼一聲，隨即一手摀住眼睛，一手指著他：「你……光著……別靠我這麼近。」

隨即是低沉的輕笑傳來，還有沙啞到幾不可聞的一句「抱歉」。

然後，畫室又恢復了之前的寂靜。窗外院子裡有風的聲音，還有下起來沒完沒了的細雨聲，再然後，是近在耳邊窸窸的布料摩擦聲。

須臾，有微熱的手心覆上她的手背，她的手被握緊，從眼睛上拉了下來。安潯睜開眼，見司羽穿上了長褲，正蹲在她身前。他輕吻她的手背，再次說：「我很抱歉。」

他的眼睛裡藏有星辰。

安潯移開視線，輕輕抽回手，站起來說了句「我去拿藥給你」便走了。

司羽看著她離開的背影，似乎在考慮該如何對她，但實在頭痛無力，便又坐回到沙發上，想不到什麼有效的方法，對他來說，她是一個比《神經解剖學》還難懂的女人。

安潯很快就回來了。別墅太久沒人住，藥早已過期，她只好端了杯熱水。可司羽已經安靜地靠在沙發上睡著了，看起來十分疲憊。她拿了軟墊塞到他腦後，再將他的腿搭在腳凳上，這樣他睡起來會舒服得多。

隨後安潯又拿來冷毛巾放在他的額頭上幫他降溫。就這樣弄了許久，他也沒有醒來，依舊睡得很沉。安潯看著他，戳了戳他帶著紅暈的臉頰，心想：明明很睏，卻還硬撐。

司羽這一覺睡得很不舒服，出了汗，醒來的時候渾身黏膩膩的，而安潯，就坐在沙發邊的矮凳上，單手撐著下巴、瞪著紅紅的眼睛看著他。

「哭了？」他坐起身摸了摸她的臉，聲音沙啞，不知是不是故意調侃，「別擔心，只是小感冒。」

安潯揉揉眼睛說，「熬夜熬的。」說著她站起身把不遠處的畫板轉過來正對他，神情有點小驕傲，「畫完了。」

司羽輕笑：「難道改畫睡顏了？」說著他掃了畫作一眼，瞬間，目光便被那幅畫吸引過去。

畫上的人，如王者一般坐在花紋繁複的復古沙發上，額前幾縷不羈的碎髮，一雙眼睛漆黑深邃，似笑非笑，彷彿帶著攻擊性又彷彿帶了些說不清道不明的深情繾綣；黑紗下，若隱若現的人魚線順著精瘦的腰腹隱沒在漆黑一片的胯中，一雙筆直修長的腿從黑紗下伸出，隨意地敞開踩在地毯上；身後是大大的落地窗，窗外的黑夜隱藏著影影綽綽的綠色植物，仔細看還有絲絲細雨滑落，窗邊透明的黑色紗簾飛揚在空中……

畫中人，俊美、神祕又撩人。什麼都沒露，卻讓人意亂情迷。

司羽良久才將視線移開。他看向安潯的眼神閃著幽光，說道：「司南說得對，安潯，妳是個天才。」

安潯聽多了這樣的讚美，早已習以為常，但他的讚美，和別人說的不一樣，感覺完全不一樣。這種喜悅，比讓挑剔的教授滿意、被嚴格的祖父表揚還要強烈。安潯有點飄飄然，該怎麼控制要起飛的心情呢？

「命名了嗎？」司羽問。

安潯點頭，指了指右下角：「那裡。」

很不明顯的小字，有畫的名字——〈絲雨〉；也有作者的簽名——安潯。

他喜歡這幅畫的名字，更喜歡這兩個名字放在一起。

「安潯，這幅畫可以給我嗎？隨便妳開價。」司羽轉頭看她，似乎是睡飽了，在晨光下，眼睛熠熠生輝。

安潯嬌俏一笑，他喜歡這幅畫的樣子讓她很滿足：「不，這是我的私人藏品。」

司羽難得見她神情調皮，不自覺地跟著笑起來：「好吧，妳會展出它嗎？」

「還沒決定，」安潯眨眨眼睛看向他，問道，「你會介意展出嗎？」她對這幅畫的滿意程度甚至超過了〈犀鳥〉，它應該驚豔於世，但她又有點捨不得將它公之於眾。

「全權交給妳了，安潯。」他並沒有表態，他不希望自己的態度讓她有任何為難。

「我覺得，這幅畫要是展出，應該會受人矚目，而你可能會受到追捧，」安潯手指輕撫著畫板邊緣，抬眼看他，「這會對你造成困擾。」

司羽為難地皺了皺眉頭：「哦，這樣啊，那安潯就會有很多情敵了。」

安潯無語。

第四章　寸寸相思

太陽悄悄從海的那一邊露出頭來，安潯用布將畫遮起來後，兩人便各自回房。

司羽的病來得快去得也快，出了汗後體溫就恢復正常了。他沖完澡再下樓時，大川幾人已經準備好了早餐。

司羽坐到椅子上，接過大川遞來的筷子，隨口問道：「安潯呢？」

大川一臉誇張的表情，嘖嘖道：「這還是人見人愛、花見花開的沈司羽大校草嗎？一下子看不到就找人？」

司羽抬眼看他：「邵川，下午去機場不如你自己走路去？」

大川最會看人臉色了，而且能屈能伸，立刻道：「安潯開車出去了，說很快就回來。這已經過去大半天了，應該快了。如果您著急，我可以幫您打個電話問問；如果您不放心，我可以去門口迎接。小沈先生，我的回答您可滿意？」

大川語速本來就快，一著急，說得更快了，聽得眾人笑成一團。司羽嘴角噙笑：「好，去吧。」

「去哪裡？」

司羽：「門口迎接。」

大川尷尬笑道，「用不著吧，這裡她比我熟。」說著他湊到司羽旁邊，「對了，昨天來找你的那個特別講規矩的大哥呢？是不是他來接我們去機場？」

「他回春江了，有些事要處理。」他吃著吐司，說話間眼睛再次瞟向大門。

大川見他如此，又要開口調侃，別墅門卻突然打開，只見安潯換了一身海藍色長裙，長髮綁了起來，乾淨俐落的丸子頭，整個人看起來十分清爽。她一進門就踢掉鞋子，白皙的腳踩在深色地毯上，輕盈地繞過客廳，見眾人在餐廳便走了過來。

她坐到司羽對面，隔著餐桌對他說：「向陽又回來了，說要找你。」

司羽並不意外，問安潯：「妳去哪裡了？」

安潯沒回答，只說：「你要是願意見，就讓他們進來。」

司羽本想挫挫向陽的銳氣，讓他在外面等，可是安潯說，他爸跟他一起來的。

向陽一改先前囂張跋扈的模樣，不再是挑釁滋事的態度，乖乖跟在他父親身後走進來。

向陽的父親笑容和藹，見到司羽，連忙走過去，熱絡親切地伸出手：「小沈先生，久仰大名。」

司羽站起身與伸過來的手握了一下，輕笑：「是嗎？」

司羽從不參與家族事業，大學畢業後父親本來有意讓他進公司，但他又自作主張報考了東京大學，所以，沈家的二兒子，很少有人見過。

「是的，是的，聽沈總提起過您。」

「向先生認識我哥哥？」司羽倒是沒聽說過。

向陽的父親點頭：「有幸見過，您和沈總還真……有點像。」

「有點？」司羽挑眉。

「有點，有點。」

司羽突然笑了，倒是稀奇，第一次聽到別人說他和司南有點像。顧及長輩的面子，司羽沒有拆穿他的謊言，任由他繼續裝熟。「哎喲，忘了，來來來，這是犬子。」他把後面垂頭喪氣的向陽拉過來。向陽對於父親的拉扯有點不情不願，覺得很丟臉。

「聽說這小子在汀南和小沈先生有點衝突，犬子頑劣，有眼不識泰山。您看我們都是自家人，您大人有大量……」

「車子倒是不值幾個錢。」司羽說話間已經坐下了，將面前的一杯牛奶推到對面坐著的安潯面前，示意她喝，繼續說，「只是車上的畫全毀了。」

「知道，知道，郭祕書已經知會我了。」說著向父扯了下向陽，「我昨天已經把這個不長眼的東西打了一頓。小沈先生放心，您的損失，我們向家全部承擔。您看之前我和沈洲集團簽的那個合約……」

安潯不愛喝牛奶，若無其事地把牛奶推回去，沒想到剛推過去一點就被司羽發現，結果又被推到她面前。

「哦，也在車裡，大概被海水沖走了。」司羽說得雲淡風輕，向陽的父親聽得心驚膽顫。其實司羽根本不知道什麼合約，沈洲每天出的合約不計其數，想來也不是什麼大的案子，因為他根本沒聽過什麼向家。

司羽抬眼看了看向家父子的臉色，接著說：「應該就在昨天車子漂著的那片淺灘，向陽去找找看？」

早就簽好的合約怎麼會放在車裡？沈洲集團對待合約定是會嚴加保護，即使真被沖到海裡，兩天過去，合約也早就被海水沖得無影無蹤或者泡爛了。

大家心知肚明，司羽不過是想教訓一下向陽。

沒辦法，若是沈洲換了供應商，向家的損失可不只一點。向陽也不是不顧全大局的人，只能鐵青著臉一步步走到推車下海的地方，挽起褲管，蹚水到淺灘處，彎下腰有模有樣地開始摸。他不是沒脾氣，只是怕真出了什麼問題，他們全家都要喝西北風。就像他爸說的，和沈洲比，自家就是個小蝦米。

而別墅內，又是一陣不可置信的竊竊私語。

「那大叔剛才說什麼？說沈總？沈洲集團？」大川抓抓耳朵，偷瞄坐在沙發上打電話的司羽一眼。

趙靜雅突然恍然大悟：「所以我們那次在沈洲吃飯，人家經理是出來迎接少爺啊！」

大川想起這件事，忍不住笑出來：「我還以為是經理在拉業務。」

「沈司南、沈司羽，多明顯啊，你們怎麼沒看出來？」一位同伴放馬後炮。

「說得好像你猜到了似的。」大川不服。

「那也比你強，跟人家當了那麼久的同學，身家背景都不清楚。」

大川委屈，咬牙切齒道：「沈司羽太不夠意思，我要跟他絕交。」

「你哪來的勇氣。」同伴調侃他，大家哄笑起來。突然有人「欸」了兩聲，眼神示意大家看向另一邊。

安潯從廚房走出來，端了杯熱水放到司羽面前，同時還放下兩盒藥。司羽見她過來便掛了電話，拿起藥看了看：「哪裡來的？」

「剛才出去買的。」安潯說完就想離開，沒想到他極其自然地握住她的手，摩挲了下手心，另一隻手拍了拍沙發，「坐一下，告訴我怎麼吃。」

安溽順勢坐下，拿起藥盒解釋：「消炎藥，一次四顆，一天三次。感冒藥，一次一顆，一天兩次。飯後半個小時，溫水吞服。」安溽說得認真，似乎怕他吃錯，還從茶几抽屜裡拿出筆標註在藥盒上。一轉頭，發現他靜靜地看著自己，眼中帶著暖暖的笑意，安溽一頓，立刻反應過來：「沈醫生，您還有什麼不清楚的嗎？」

他倒是厚臉皮地點了點頭：「有，想知道這麼一大早就開門營業的藥局在哪裡？」

安溽並不想說她開車跑了七、八公里才找到一家開著的醫院，排了很久的隊才拿到藥。見她沒回答，他又問：「遠嗎？」

「不遠。」

他摸摸她的頭：「辛苦了。」

餐桌邊的眾人收回視線，繼續低頭吃飯，心裡卻腹誹著這兩人旁若無人，還真夠會放閃。隨即傳來的是他們再熟悉不過的趙靜雅噔噔噔上樓的聲音，習以為常，也就沒人理會了。

孫晴順著窗看向外面的大海：「向陽真的下去撈了？」

「真的下去了吧。不知道撈到什麼時候才會讓他上來。」其中一個同伴說著，回頭看了司羽一眼，低聲道，「司羽平時看起來溫溫和和的，發起狠來真是不手軟啊。」

另一個點頭：「是啊，那大叔要是這麼說好話求我，我是不好意思拒絕的。」

「所以你們做不了大事啊，婦人之仁，這就能看得出我家司羽絕非池中之物。」大川總結道。

「你剛才不是還說要和他絕交？」

「有嗎？」

訂了中午航班的兩個同伴先離開了，那時候太陽偏南，晴空萬里，而向陽依舊在海裡撈著合約。郭祕書從春江趕了回來，午飯之前到的，帶了兩輛車來接人。

安潯吃過早飯後就回房睡覺去了，一睡便是一上午。大川收拾好行李和她道別，她睡眼惺忪地打開門，便聽到他中氣十足的聲音：「安潯，我們走囉。」

「嗯。」安潯說著就要關門。

「喂，妳不送送我們啊？」大川抵住門，有點傷心。

安潯將他撐住門的手拍下去：「你下次放假再來，房子免費給你住。」說完便毫不留情地關上門，準備繼續睡覺。結果，她還沒走到床邊，敲門聲再次響起。

安潯實在太睏，被敲門聲煩得有些生氣，猛地拉開門：「不熟，不送！」

不能再熟悉的輕笑聲在耳邊響起：「不熟嗎？」他全裸著面對她兩晚，親也親了，摸也摸了，還要怎麼熟。

不過……似乎，還可以更熟一點。

安潯終於清醒了一點，睜開眼睛，沉著聲問：「你不是三點多的班機嗎？」

「現在已經中午了，妳睡了很久。」司羽敲了敲手錶。

安潯又清醒了些，怎麼覺得他這話說得有點哀怨……

司羽見她不說話，慢慢上前一步，靠在門框上，低頭看著呆呆的似乎還在夢中的她，說：「安潯，妳現在可以許願。」

她還是很睏，眼睛澀澀的：「我現在沒願望啊。」

「你有，妳可以要求我……」他停頓了一下，輕輕說，「別走。」

大川還沒走，靜靜地站在旁邊努力減少自己的存在感。他覺得自己若是安潯，非撲上去狠狠親司羽一頓不可。他挺佩服安潯這小丫頭，真沉得住氣，要是一般的女孩，誰能招架得住司羽的攻勢？

安潯非但沒被迷得神魂顛倒，竟還輕聲說著拒絕的話：「司羽，你還是走吧。」這話說完，司羽蹙了蹙眉，站直身子。

安潯低著頭軟軟地繼續說：「你給我一點時間，讓我好好想想。」

司羽稍微鬆了口氣。

「司羽，你在這裡讓我的心很亂。」

別說司羽了，就連一旁偷聽的大川，心都跟坐雲霄飛車似的，忽上忽下。

司羽伸手摸了摸她披散的長髮，無奈地笑道：「安潯，以後說話快一點，一口氣說完。」

「啊？」

大川在一旁也忍不住抱怨，「心臟不好的會被妳嚇死。」話音一落，本來滿眼只關注安潯的司羽，將視線轉到他身上。大川愣了愣，「怎麼了？」

司羽看了大川一眼，「別拿這種事開玩笑。」說完司羽也不管他，轉頭問安潯，「會一直待在汀南嗎？」

「快開學了，過兩天要回學校。」安潯回答。

「真不巧，我過幾天也要回東京。」他說完，又靜靜看了她半晌，「安潯，我等妳的電話。」

她終是沒送他們離開，只是托著下巴趴在臥室窗臺上，看著兩輛黑色的車子從門前石板路駛上蜿蜒的濱海公路，一前一後，倏然遠去。

第一輛車子後座只坐了司羽一人。他自從出了那棟別墅，便一直面無表情地沉默著。

「羽少爺，您要是實在捨不得安小姐，等老夫人過完壽，您就找個理由回來。」副駕駛座的郭祕書見他如此，輕聲建議著。

郭家人世代在沈家工作，後來清朝滅亡，軍閥混戰，沈家舉家南遷，從香港到英國，郭祕書的曾祖父、祖父都一路跟隨。他比司羽、司南兩兄弟大了十幾歲，算是看著他們長大的。雖然多年來他嚴格遵循父親「不逾矩分毫」的囑咐，但情感上經常不自覺地把自己當成他們的兄長，遇到事情，難免心疼他們。

司羽靜默良久，輕聲道：「她自由散漫慣了，似乎並不太想與我們這樣的家庭扯上關係，規矩太多。」

郭祕書像是聽到什麼不得了的事情，驚訝道：「怎麼會有人不滿意沈家？她真的這麼說？」

他的表情逗笑了司羽。司羽說：「激動什麼，她沒說。」他自己猜的。敢違背過世母親的意願逃婚，就足以證明她並非輕易為誰駐足的女人。

郭祕書為同行的幾人在沈洲飯店安排了午餐，大川趁人不注意將菜色拍下來發到群組裡，故意氣氣先走的那兩個人，見到他們傳來的憤怒貼圖，便捧著手機在一旁笑得前仰後合，惹得郭祕書直搖頭。

趙靜雅在孫晴的鼓勵下，重拾了和司羽說話的勇氣：「司羽，我以後……可以聯絡你嗎？」

司羽放下刀叉，用餐巾擦了擦嘴，說了句「可以」。

趙靜雅欣喜，忙又問：「那我如果去東京玩，你會帶我到處逛逛嗎？」

司羽像是有點心不在焉，將餐巾摺好放到桌上，頭也不抬地說：「會的。」

「司羽，我什麼時候去東京比較合適呢？」趙靜雅高興之情溢於言表，心裡已經開始考慮要不要繼續請假，去日本找他。司羽似乎在思索什麼，並沒有立刻回答她的問題，於是她又耐心地問了一遍。

其實司羽很少如此心不在焉，通常都會認真傾聽別人說話，不論話題多麼無聊無趣，他都會禮貌地回應。

「司羽？」趙靜雅輕輕喚道。

「羽少爺。」身後的郭祕書俯身提醒，就差沒把「注意修養」說出口。

司羽抬頭，「嗯」了一聲，非常敷衍，顯然根本沒聽到別人的問話。

羽少爺太沒禮貌了，即使再不想理那個一直講話的趙小姐，也不應該以如此不尊重人的方式結束話題。郭祕書心裡思考著，回去要不要告訴先生，讓他罰羽少爺抄寫《禮記》。

「您要是太想安小姐，我派人去接她過來吃個飯怎麼樣？我們還有時間。」郭祕書看了看錶，再次認真地建議道。

趙靜雅還沒高興幾分鐘，郭祕書這番話無疑是一盆冷水潑下。她臉色僵了僵，終是沒忍住，嘟囔道：「她把你當成旅途中的一場豔遇，你卻認真了。」

司羽看都沒看她一眼，站起身對郭祕書說：「派人送我回去。」

安潯百無聊賴地趴在窗臺上看海，突然那輛早已消失在公路盡頭的黑色商務車又出現在眼簾，而且並沒有像她以為的只是路過，反而轉了個彎停在紅色大門外。

她連忙走出臥室，下樓。大門緊閉著，沒有絲毫動靜。她放慢腳步，停在門邊，半晌才試探著問：「司羽？」

「是我，安潯。」門外，他獨特的嗓音隨著海風吹來，感覺不太真實。

安潯開了門，見他筆直地站在門口，身後不遠處還站著郭祕書。郭祕書見到她，微笑著鞠躬行禮。

「安潯。」司羽凝視著她，叫著她的名字。

「嗯？」安潯看著他，「是忘了什麼東西嗎？」

「安潯，」司羽又叫了一聲，似乎很喜歡喊她的名字，「跟我去英國。」

安潯愣在門口，同時愣住的還有郭祕書。安潯頓了半天，有點為難地道：「你給我的時間太短了，我還沒開始想。」

他笑：「我不是來要答案的，只是妳一個人待在這裡我不放心。」

「我成年了。」安潯好笑地說，「這是我家。」

司羽點頭，看了看不高的院牆和紅色木門：「是啊，小偷能隨便進來的家。」安潯這才猛然意識到，只有自己一個人的夜晚會很恐怖……

司羽很滿意她的反應，抓準時機再次問：「所以，跟我一起去英國怎麼樣？」

郭祕書站在他身後，心裡腹誹著：羽少爺這是愛到鬼迷心竅了啊，非得把安小姐貼身帶著才安心嗎？

安潯最後決定離開汀南，隨便收拾了行李便和司羽一起去了機場。她在開學之前需要處理好春江的事，總歸要去易家道歉的。

司羽欣然接受了「回春江去退婚」這個理由，也比較痛快地放她離去。

安潯本是想開車回去，可是她前一晚沒睡，司羽怕她疲勞駕駛，便吩咐人幫她訂了和大川同一架班機。

汀南到春江的航班比司羽的早一個小時。走的時候，趙靜雅戀戀不捨，那神情哀怨淒婉得像是要與司羽生離死別，關鍵是另一個當事人像是沒看見一樣。安潯從安檢到進入登機通道，期間只回頭對司羽說了聲「再見」，便神色自若地走了。

郭祕書再看了依依不捨的趙小姐一眼，覺得這女孩也還不錯，至少比安小姐對羽少爺熱情很多，只是這羽少爺不吃她那套，竟然喜歡對自己愛理不理的安小姐。

春江的天氣一點都名不副實，汀南已經可以穿短褲背心，春江卻還在下雪。

安非眼尖，安潯用大衣圍巾將自己包裹得只露出兩隻眼睛，他也能立刻認出來。

大川把安潯送上安非的車，立刻拿出手機向司羽彙報任務完成。

回到家後，安媽媽一見安潯便拉過來左看右看地仔細檢查，生怕有點損傷。直到確定安潯還是那個如花似玉、完好無缺的安潯才終於放下心來：「小安潯，下次再離家出走，帶著我，路上還能幫妳做個飯什麼的，才沒幾天怎麼就瘦了。」

「媽，那我怎麼辦？」安非在一旁問道。

「女朋友那麼多，哪個不能幫你做飯？」安媽媽說完，安非便在安爸爸掃過來的冷厲眼神中逃開了。

安爸爸搖頭：「年輕人，胡鬧。」

第二天下午，安潯跟著爸媽去易家道歉。易白父母雖還有些生氣，但他們與安家這麼多年的交情也不好說什麼重話，何況易媽媽本就喜歡安潯，於是安家就順勢說了要解除婚約的事。鬧成這樣，易家早有心理準備，同意得也算乾脆。

直到他們準備離去，易媽媽才忍不住說道：「安潯啊，雖然我不懂妳為什麼看不上我如此優秀的兒子，但我依舊尊重妳的決定。」

安爸爸忙說：「是安潯沒福氣。」

安潯撇撇嘴，剛準備說話，易白就回來了。安潯一行三人都已經穿好衣服走到門口，易白見到他們很意外，連忙跟安潯父母打招呼。

他隨即看向安潯，表情冷冷淡淡的：「捨得回來了？那個司羽呢？哦，應該說沈洲的小沈先生。」

安潯沒說話，易媽媽先生氣了：「你這孩子怎麼說話的？什麼語氣？」

安教授看向安潯：「小沈先生是誰？」

「一個朋友。」安潯將圍巾圍好，開門準備離開。

易白伸手攔下了她：「安潯，談談。」

書房裡阿姨正拿著雞毛撢子打掃，見易白帶著安潯進來，趕緊收拾離開。

「妳是來解除婚約的？」易白開門見山。

安潯輕點了下頭。

「聽說有別的女孩找過妳？」易白突然說。

安潯不懂，思索半晌才明白他說的是訂婚前他前女友或者前前女友找她的事。她都快忘了，那女孩說自己是易白的未婚妻，因為易安兩家的家族聯姻，易白沒辦法娶她，哭哭啼啼地說自己懷了易白的孩子，請安潯成全。

易白見她默認，解釋道：「我和她只是逢場作戲，玩玩罷了，妳要是不高興，我不會再和她聯絡。」

安潯詫異地看著他，覺得他沒必要解釋，此事與自己無關，解除婚約也不是要威脅他與那女孩分手。安潯頓感頭痛，和他說不通，兩個人在一些事情的認知上相差太大。

她盡量心平氣和地說道：「我並沒有不高興，只是當時覺得自己有點可笑，而讓我變得可笑的，是你混亂的行為。當然最重要的是，我並沒有傷心或者生氣之類的情緒，絲毫沒有，所以我走了。不知道我說得夠明白了嗎？」

易白面無表情地看著她，當然明白了，意思就是她對自己絲毫沒有感覺。好半晌兩人都沒有再說話，安潯以為談完了：「他們還在等我，我走了。」

「我聽說了，向陽推進海裡的那輛車上全是妳的畫。」易白斜靠在書架上，看向已經走到門口的安潯。

安潯嘴上隨意應著，心裡想著不知道向陽有沒有回來，會不會現在還在海裡撈合約？

易白接著說：「向陽跟我說，沈家索賠兩千多萬。」

安潯點頭，理所當然地道：「差不多值這個錢。」

易白看著安潯，慢慢開口，意味深長，「向陽還說，沈家要求把錢直接給妳。」安潯微愣。易白看著她的神情，壓低了聲音，「所以妳逃婚的主要原因不是陳音兒，而是沈司羽？你們早就認識？」

易白覺得自己頭上有點綠，這感覺極差，很惱人。

安潯想說當然不是因為沈司羽，但或許，這場逃婚最大的收穫，就是沈司羽，腦中百轉千迴，嘴上卻言簡意賅：「不認識，剛認識。」

易白細細觀察著安潯的表情，相信了她的說詞，沒戴綠帽，卻也無法再用自己晚了一步來安慰自己，沈司羽來得更晚。

回程路上，安媽媽見安潯一直不說話，擔心易白在書房裡和她說了什麼不好聽的話，猶豫地問道：「安潯，妳在想什麼呢？跟我說說？」

安潯抬眼看向安媽媽，見她滿臉關切，便將腦袋抵在她肩膀上，摩了摩，撒嬌道：「他是故意的！」

故意讓兩人有錢財上的牽扯，故意逼她打電話給他。

安媽媽愣了一下，什麼故意的？誰故意的？這孩子怎麼突然撒起嬌來了？

向家人上門的時候，安教授剛從學校回來，看到自家社區門口停了一輛豪華轎車，嘟囔了句：「怎麼亂停車。」

因為是高級社區，門口保全盡責又熱情，見到他立刻說道：「安教授，有客人來找你，前面那幾個人想找你家安潯。」

安教授順著他指的方向看過去，只見一位和自己年齡差不多的中年男人在樓下大門口按著門鈴，身後還跟著兩個拿公事包的人。安教授走過去問他們找誰，為首的向陽父親說來找二樓的安潯。安教授猜想或許是要求畫：「你們有什麼事？我是她的父親。」

向父一聽，立刻拿出包包裡的支票遞給他，嘴裡客氣地說著「請收下」，什麼「多有得罪，請多擔待」之類的。安教授看了支票上的數目一眼，嚇了一跳，忙推回去：「這麼多錢是什麼意思？」

向父哪裡肯接：「安教授，您千萬別客氣，以後還請您在沈家面前多替我美言幾句。沈家有您這樣的得力幹將也是如虎添翼，希望我和沈洲能一直合作下去。」

安教授根本沒機會說話，也聽不太懂這人在說什麼，只是一直想把支票還回去。向父覺得這是花錢消災，說什麼也不收，說了句「告辭」就帶著人轉頭離開。

於是，安教授莫名其妙地拿著兩千多萬的現金支票上了樓。這已經是他第二次聽到別人在他面前提起沈洲了。

「女兒，剛才在樓下有人給了我一張支票，怎麼回事？」安教授將支票放到安潯面前的茶几上。

「代表爸您受賄了吧！」安潯看都沒看。

「誰會為了當我的博士生給我兩千多萬？」安教授點了點支票上的數目。

安潯笑，以為他看錯了，「您戴上老花眼鏡再仔細看看。」話才出口，安潯就突然想起易白的話，她「哦」了一聲，又說，「有人欠我一個朋友錢，他要我幫忙代收一下。」

「姓沈的朋友嗎？」安教授問。

「您怎麼知道？」安潯說著看向一旁的安非。

安非一臉無辜，為表清白，還趕緊附和了一句：「對呀，您怎麼知道？」

安教授「老奸巨猾」地「哼」了一聲：「什麼時候帶回家看看啊？」什麼朋友會讓人代收兩千多萬的支票？這麼多錢，親人之間都會想一想。

「帶誰啊？」安潯又瞪向安非。

安非繼續委屈，再次為表清白，說道：「爸，帶誰回家看看啊？」

「你這次去汀南沒見到他嗎？就是妳姐逃婚去找的那個人。」安教授繼續挖坑，果不其然，安非中招了。

「沈司羽啊？」安非脫口而出，說完才驚覺自己說漏了嘴，連忙捣住，驚慌地看向安潯。安潯「呵呵」兩聲，對安非的智商深表擔憂。

安非趁安潯報復之前趕緊拔腿就跑。

安潯耐心誠懇地一遍又一遍對安教授解釋，她沒劈腿、沒出軌，最終，安教授勉勉強強相信了她。

安潯在學校開學前寫了封郵件給教授，說自己要出去寫生，準備畢業作品，教授欣然應允她不用回學校報到。然而安潯所謂的寫生，就是窩在沙發上把那張支票看穿，看了兩天。

安教授都怕安潯看成了鬥雞眼，說道：「安潯啊，我聽安非說了。」這話一出口，不用安潯瞪，安非便飛一般地開門跑出去了。

「之前我覺得易家已經夠家大業大的了，沒想到妳卻相中了豪門世家。我們家世代都是學者，家風淳樸，不比沈家，商賈之家，人心複雜。」安潯「嗯」了一聲，這些她不是沒想過。

誰知安教授話鋒一轉：「那些富庶人家的子弟通常都很紈褲難訓，但沈家的家教我也有所耳聞，把妳交給沈家的孩子我能放心。」

安潯笑道：「爸，您說得像是我要嫁人了似的。」

安教授也笑道：「有感而發。」

安潯猶豫著說：「沈司羽好像很喜歡我。」

安教授一副理所當然的樣子，內心覺得沒人會不喜歡自己女兒。

安潯繼續道：「但是我不確定他的喜歡會維持多久，他看起來……」經驗十足，一雙桃花眼含情脈脈，亂人心緒的話張口就來，追求的手段高超得讓人不安。

安教授擺擺手：「年輕人嘛，別考慮太多，妳這個年紀就應該隨心所欲。成固然好，不成也是一段經歷。」

安潯無語地看著他爸：「別人都怕自己家女兒被渣男坑了，您是唯恐沒渣男要坑我是不是？」

安教授瞪她：「我這是相信妳的眼光。妳又不是安非那個沒頭腦的，妳也會保護自己，爸爸對妳很放心。」

躲在門口的安非，聽到最後幾句話，下意識地捣住胸口：親生的和陪嫁過來的果然不一樣。

安溽點頭，隨即又問：「爸，您其實是想讓我嫁入豪門吧？從此光宗耀祖，庇佑子孫。」

安教授真想打她：「妳趕緊走吧，回學校、去汀南，哪裡都行，離我遠一點就好。」

「日本呢？」

「可以。」

談話至此，安溽如釋重負地笑了。她決定大膽些，也覺得沈司羽可信。

第二天安非送她到機場，登機前還不忘調侃：「祝妳追愛成功。」

安溽瞥他一眼，不滿道：「請不要用『追愛』這個詞，我只是去那邊逛一逛。」

安非才不信：「人家追妳的時候妳擺架子，結果還不是喜孜孜地自己送上門，幹什麼自找麻煩啊。」

「我樂意。」安溽不再理他，轉身走進通道。

安潯抵達東京成田機場的時候剛要中午，可光是等行李就等到下午。最終，機場工作人員告訴她，行李暫時找不到了，要她留個電話號碼等通知。安潯這才發現自己連手機都沒了，因為手機關機後她就直接塞到行李箱裡了，身上的背包只有證件和金融卡。於是她只好臨時在機場買了新手機，換了日本號碼留給機場人員。

司羽暫時聯絡不上，安潯有點後悔當初沒加他好友。出師不利，好在身上有金融卡不至於走投無路。安潯叫車來到東京大學赤門，天已黃昏。安潯向一位東京大學的學生詢問醫學部的方向，那位同學很熱心，直接把她帶到醫學部大樓門前。然而，大樓太大了，安潯根本不知道上哪裡去找，而且沒有門禁卡她也進不去。

東京比春江還要冷一些，在汀南待了幾天後，她便有點不太適應這種嚴寒的天氣，剛站了一下子就覺得冷到直發抖。好在沒多久就有個女生從大樓裡出來，安潯迎上去，用英語問她認不認識一個叫沈司羽的心臟外科研究生。

那女生雙手插在大衣口袋裡，一頭俐落的短髮，眉宇間有種女性少有的英氣，偏偏又長了張秀氣的臉，只是冷冷淡淡的沒什麼表情。她上下打量一下安潯，用英語回答：「認識。」

安潯其實沒抱多大希望，聽她這麼說心中驚喜了一下：「能否幫我找一下他？謝謝。」

「我不知道他在哪裡。」那女生一直很冷淡，談不上沒禮貌，可能是性格使然。

「那妳知道他的電話號碼嗎？」安潯覺得自己挺誠懇的，應該不像不懷好意之人。

那女生剛才還不太確定安潯是不是那些追求司羽的女同學，聽到她要電話便確定了，認識的人怎麼會沒有手機號碼？她態度變得更加冷淡：「不好意思，我也沒有。」

安潯看出她的厭煩，點了下頭：「ＯＫ，請稍等一下。」

女生顯然不太想等，但安潯很快拿出隨行包包裡的紙筆，寫了一個號碼，在下面簽了名字後遞給她：「見到他請他打電話給我好嗎？」

那女生看了塞到手裡的紙條一眼，皺眉，抬頭剛想說話，只見安潯已經走遠。女生心想：莫名其妙的女人！她看了看手中對折的紙條，忍不住打開看了一下，上面是一個電話號碼，下面是中文簽名——安潯。

竟然是中國人。

「嗨，欣然學姐，我來找司羽，他下課了嗎？」突然一隻大手拍在她肩膀上。

陸欣然嚇了一跳，回頭見是大川，說道：「今天怎麼都找司羽，他不在。」

「去哪裡了？」

「不是說回英國了嗎？聽教授說有事請假，明天就回來了。」陸欣然說著，將安潯的紙條隨手夾到書裡。

「妳剛才說誰也找司羽？」大川看了看那個越走越遠的女生背影，覺得有點像安潯。

「女人。」

「很正常，找他的女人從來沒少過。」說著他再次看向遠處，已經不見那個背影。他覺得自己可能是看錯了，安潯怎麼可能會來？

安潯在東京大學附近找了間飯店辦理入住，隨後吃飯、洗澡、睡覺，幾個小時過去，新買的手機沒有一點動靜。

她躺在床上舉著手機：「短髮的姐姐，妳可不可靠呀……」沒想到話音一落手機便猛然一震，安潯也跟著一振，點開一看，是安非傳來的訊息。

『收到。』是回覆之前安潯傳訊息說換手機號碼的事。安潯無語，想封鎖他。

第二天，看了些旅遊資訊後，安潯在現代美術館和西洋美術館逛了一天，期間電話只響過一次，是家裡打來詢問她日本之行的情況。安潯說一切都好，但還沒找到沈司羽的事不敢告訴他們。

黃昏時分，安潯接到機場的電話，道歉說行李確實丟了，請安潯去辦理賠償。安潯很生氣，因為這樣她就只能傻等了，如果司羽一直不打電話來，她這趟豈不是白跑了。

安潯從機場回到飯店，手機依舊安安靜靜，沒有絲毫動靜。如果是在她畫畫的時候，她會很高興手機安靜無聲。睡前，安潯決定，如果明天他還不打電話來，她就去看富士山。

司羽回來這天正好是週末，大川舉辦了留學生元旦歸校後的第一次聚會，地點在根津的樂翠餐廳，一家中華料理店，這裡幾乎快成為中國留學生的大本營。

司羽一下飛機就被大川的連環 call 叫了過來，他還大言不慚地說這是為司羽接風洗塵。七八個人，男生居多，包下二樓的大包廂。這是他們的老位置，空間寬敞，視野開闊。

司羽最後一個到，進門與老闆打招呼之際，依稀想起老闆好像是汀南人，便在櫃檯前，破天荒地主動閒聊起來：「華老闆，我前兩天去汀南了。」

「喲，去旅遊嗎？那裡還是老樣子嗎？」老闆說完自己便笑了，「你看看我，你以前又沒去過，怎麼會知道有沒有變。」

「很美，」司羽笑說，「非常非常美。」

「是啊，汀南風景確實很美。」老闆感嘆著，「我也該回去看看了。」

「人也很美。」司羽接了一句。

老闆還想與他聊一下，可是樓上的同學看到司羽，叫他趕緊上去。司羽抱歉地對老闆笑笑，上了樓。

大川見到他，調侃道：「每次見你，都覺得自慚形穢。」司羽不理他，禮貌地與別人打招呼，然後坐到陸欣然旁邊唯一的一個空位上。

「怎麼現在才回來？」大川遞給他一杯水。

「有點事。」私事，他並不想多談。

陸欣然倒了杯水給他，輕聲說道：「你剛下飛機挺累的，我本來想今天就別聚了，大川不聽，非說你們年輕，鐵打的身體不怕累。」

幾個同學意味深長地交換眼神，隨即調侃：「也只有沈司羽能讓欣然學姐說這麼多話。」眾人起鬨，陸欣然笑罵他們之餘，偷偷瞥了司羽幾眼。他像是沒聽見似的，對這種玩笑從來沒有任何表態，讓她看不出絲毫端倪。

一頓飯吃得熱熱鬧鬧，同為異鄉人自然顯得特別親切。眾人天南地北地聊著，只有司羽，一如既往地話很少，甚至比以前還沉默。

大川坐在他另一邊，忍不住推了推他，抱怨道：「怎麼一直看手機啊？」對面的人立刻拿起司羽放在桌邊的手機，大聲說：「沒收，沒收，大家好不容易聚一次，怎麼還沒有手機來得吸引人？」說話間無意觸動螢幕，這一看不得了，那人詫異地看了看司羽：「沈司羽，你還追星啊？沒聽說過啊。」

這麼一說，在場的人全部好奇地湊過去，都想看看是哪個女明星能讓醫學部男神沈司羽刮目相看，還拿來當手機螢幕鎖定畫面。

螢幕上是一位穿著藍色長裙的長髮女生，她一手擋著陽光，一手抓著胡亂飛舞的頭髮，看向鏡頭的眼眸微微彎著，嘴角噙著一絲清淡的笑意。女孩頭頂是湛藍的天空，萬里無雲，身後是紅色大門，顏色豔麗，腳踩金黃沙地。畫面的構圖和色彩搭配都非常美，再加上漂亮的主角，誰都會以為是哪個女明星的寫真，或者是哪位女網紅。

眾人好奇，互相詢問了一下，確實都不認識，手機突然傳到陸欣然面前：「學姐，妳認識嗎？」

陸欣然完全沒興趣，也沒去接手機，只說：「說不定是手機內建的。」認識司羽幾年了，她還是挺了解他的。他從不會關注什麼女明星、女網紅，也絕對不是一個只注重外表的膚淺男人。

聽她這麼說，司羽笑笑，也不說話。大家見他的反應，都是一陣失望，還以為男神開竅了，原來是手機內建的。

「拿來我看看，我從小就追星，一定認識。」大川往嘴裡塞了口肉之後，從別人手裡搶過手機一看，立刻說，「咦？這不是安潯嗎？」

眾人一聽他真的認識，再次七嘴八舌地問起來。

大川的神情突然變得意味深長，故意撞了撞司羽的手臂。司羽抬眼看他，大川立刻做出絕不亂說的手勢。

他們越是這樣，眾人越是好奇。要知道，他們認識的女生大多暗戀司羽，少數是明戀。所以對於沈司羽的歸屬問題，每個人都好奇得要死。而陸欣然，聽到這個名字時愣了一下，出人意料地從大川手裡搶過手機。

是她——那個給她紙條的女孩！

「哎喲，學姐，幹什麼呀？」大川驚訝高冷的陸欣然怎麼突然這麼激動，而讓他更驚訝的是她接下去說的話。

她看了半晌，突然說：「我前天見過她，在醫學部大樓前。」

司羽猛然看向她，神情詫異，或者也可以說是滿臉不可置信。

大川大手一揮：「怎麼可能，她在佛羅倫斯，佛羅倫斯知道嗎？義大利，天差地遠的，學姐妳一定看錯了，我之前也看錯過。」

陸欣然見沈司羽的神色，心下一沉，也希望自己弄錯了。

司羽緊盯著她，他確定他從陸欣然臉上沒有看到任何玩笑的意思。再開口時，聲音都有些緊，他說：「妳確定見到的是她？」

陸欣然還是第一次見沈司羽這麼鄭重其事，這麼緊張，似乎這也是他第一次這麼認真地看自己——目不轉睛。她扯了扯嘴角，盡量讓自己笑得自然一點，「應該沒錯。」頓了頓，她繼續說，「她來找你，似乎在門前等了很久。」

司羽當時的表情，陸欣然多年以後都忘不掉，那種說不上是欣喜還是不捨的神情，或者兩者兼具。他連說話的聲音都不自覺溫柔了許多，輕聲問：「她說了什麼？」

陸欣然在回答之前猶豫了一下，雖然她一直覺得自己是個正直的人，但猶豫的那一秒，足以讓她羞愧很久。她輕咳一聲，回答：「她留了電話號碼給你，說要你聯絡她，我以為她是那些……」她沒說大家也明白，她以為安潯是那些經常對司羽造成困擾的女孩。

「紙條我放在宿舍，晚上回去拿給你。」陸欣然大可以說自己弄丟了，但是她的驕傲不允許她這樣做，即使她心裡十分不情願。

沒想到司羽卻說：「現在回去拿好嗎？我跟妳一起去。」陸欣然一愣，詫異地看向他。

「安潯的電話？我有啊，你怎麼會沒有？」大川不理解他們幹麼為了一個手機號碼就要離開，說著便去翻找手機。

「打過了，一直關機。」司羽說，「打了兩天了。」

「蛤？」大川看著自己翻出來的號碼，「關機了？」

「學姐……」司羽看向陸欣然。

他剛一開口，話還沒說完，便見陸欣然猛地站起身，對司羽說：「我回去找，是我的錯，我應該帶來給你的。」事實上，她根本沒把這件事放在心上，因為司羽收到那些女同學的電話號碼、E-mail 或者各種社交帳號，向來是看都不看一眼。

氣氛有點尷尬，有人趕緊打圓場：「不用啦，也不差這一點時間，對吧，司羽？怎麼說也讓學姐先吃完飯，吃完再找。」

其他人附和：「是啊是啊，學姐早早從研究室過來等你，到現在飯都沒吃幾口呢。」

司羽並沒有像他們以為的那樣點頭應允。他站起身，說道：「我很抱歉，欣然學姐，之後我再請妳吃飯如何？」雖然他的用字遣詞像是在商量，可他的姿態神情卻完全不是如此。

陸欣然一句話也沒說，拿起大衣和包包起身就走。她並不是生氣，畢竟是自己的失誤。可是司羽，他有多在意那個電話號碼，她就有多在意他的在意。

司羽從座位上起身：「抱歉各位，我得先走了，這次我請。」

「去吧去吧，快去快回，我們先玩玩撲克牌，等你們來了再一起吃。」大川笑呵呵地緩和著稍顯冷淡的氣氛。

留下的人目送他們走下樓梯，心裡不免偷偷想著，司羽這麼在意一件事還是頭一遭。而就在此時，有人推開餐廳大門，門上的鈴鐺叮噹響起，十分悅耳，一個穿著咖啡色大衣的長髮女孩走了進來，門口穿著旗袍的服務生用日語和中文各說了一遍「歡迎光臨」。

「喲，美女。」樓上不知道誰看到後嘟囔了一句。

「哪裡？」大川轉頭去找。

樓下的女孩對那服務生笑笑：「說中文就好。」

服務生引著女孩往裡面走，問她幾位，有什麼想吃的，她說只要不是壽司什麼都好。服務生被她逗笑了：「我也吃夠壽司了。」

「近期我都不想聽到這個詞。」安潯哭笑不得地搖頭。

「好的，我不會再提壽司了。」

「妳剛剛又說了一遍。」安潯跟著服務生準備走上樓梯，結果，窄小的樓梯間，一上一下，狹路相逢。

二樓的大川此時也順著同伴指的方向看過去，認清了來人，猛然喊道：「安潯！」

走在前面的陸欣然最先發現安潯，她愣在樓梯上。帶安潯上樓的服務生看到有人下來，忙後退下去，讓到一旁。安潯面前沒了阻擋，一眼便看到樓梯上的人。

那個短髮秀氣的姐姐手臂上搭著大衣，停在樓梯中間有點驚訝地看著安潯，她的身後是跟著下來的司羽。

他見陸欣然停下腳步，正想開口詢問，便看到站在樓梯盡頭的安潯。

恍惚間，他覺得她彷彿有些虛幻。就像第一次在汀南見到她，她站在開滿百日紅的庭院中，迎著夕陽、光著腳、朝他微笑。那時候，他以為自己在做夢，現在亦是如此。

安潯見到司羽，神色如常，沒有陸欣然以為的欣喜若狂，她就那樣神態自若地站在那裡，微微勾起一絲淡淡的笑意，聲音也清清淡淡：「好巧啊，沈司羽。」

而司羽，微不可察地愣了一下後，立刻從陸欣然與樓梯扶手之間的縫隙擠過去。陸欣然被他撞得輕晃了一下，恍惚地看著他三、兩步走下樓梯，站在那個見到他還能若無其事的女人面前。

樓梯上方的陸欣然看不清司羽的神情，好半晌才聽到他的聲音傳來，那樣緩慢、溫和又小心翼翼，彷彿稍微大聲就會驚醒這場美夢。他說：「是啊，安潯，好巧。」

然後兩人一時都沒再說話，安潯看著他，表情逐漸變得委屈，又稍縱即逝。司羽動了動手指，想牽她的手，或者擁抱，卻聽到她說：「我來這裡寫生。」

司羽沒再動作：「只是寫生？」

安潯沒回答他的問題，而是抬頭對一直朝她揮手的大川笑了笑。司羽回頭看了大川一眼，發現二樓的同伴全都瞪大了眼睛看著兩人。大川招呼他們：「你們別站著了，上來啊。安潯，妳還沒吃飯吧？一起啊一起。」

司羽詢問似的看向安潯，安潯似乎有些猶豫。但樓上的人已經招呼服務生加椅子，她又見大川滿臉期待，拒絕的話就沒說出口。

椅子加在司羽和大川之間，剛向服務生要來的撲克牌也沒人玩了，全都大眼瞪小眼地看著安潯。安潯覺得他們的表情整齊又好笑，忍不住輕扯了一下嘴角。

其中一個男同學回過神來，說道：「剛才還在手機裡，轉眼就到眼前了，沈司羽，介紹一下。」

司羽拿了筷子擺在安潯面前的碟子上，看了看她，這才轉頭介紹道：「這是安潯。安潯，他們是我的同學。」

「你們好。」安潯打招呼，然後歪頭看向陸欣然，「又見面了。」

陸欣然沒想到她還記得自己，朝她笑笑：「非常抱歉，還沒有把妳的號碼給司羽。」

安潯看一下司羽，隨口說了句：「這樣啊。」

其他人見他們開始閒聊，不高興了，說道：「這樣就介紹完了？普通朋友介紹也沒有這麼敷衍。」

「對啊對啊。」就連大川都跟著起鬨。

司羽噙著笑意，掃了周圍滿臉好奇的人一眼：「不然呢？」他似乎心情極好，跟剛才下樓之前簡直判若兩人。

「你說呢？你知道我們要聽什麼。」有人急道。

手機裡存著人家女孩子的照片，為了要電話號碼甚至不讓陸欣然把飯吃完，見到她整個眼神都不對了，他們覺得，兩人的關係絕對不簡單。

「就……普通朋友啊。」一直沒怎麼說話的女主角突然開口。

不只是別人，就連司羽也怔了一下，他挑眉看向她，她卻端著杯子慢悠悠地喝著水，連個眼神也沒回應。

眾人見從他們那裡問不出什麼，全都看向大川，大川用嘴形無聲地說：「不要相信他們是普通朋友。」

見此情形，其中一個男同學故意大聲道：「安小姐，請問我可以追求妳嗎？」

安潯沒說話，知道他在開玩笑，卻也不覺得好笑，這人挺……失禮的，司羽不滿地看向那個男同學，代安潯回答：「不可以。」

「為什麼？」

司羽把手中的水杯輕輕一放，不爽的樣子再明顯不過：「我在追。」

這話無疑就是他們想聽到的。有人起鬨，有人誇張地捣住心口。只有當事人最鎮定，她竟然問：「什麼時候？」

司羽好氣又好笑：「妳不知道？」

安潯一臉無辜地道：「你沒說啊。」

「我以為自己表現得夠明顯了。」司羽無奈。

「哦，我以為我想太多了。」安潯無辜。

旁邊聽他們說話的人剛開始還安安靜靜，後來越聽越覺得有意思，一個、兩個、三個……全都忍不住笑起來，不免感嘆，沈司羽竟然也有今天。

「欸，不是，不是，能聽我說一句嗎？」大川舉手，滿臉疑問，「那個，你們不是早就在一起了嗎？」

服務生送菜過來，司羽接過服務生遞過來的甜點放到安潯面前，安潯接過別人遞過來的湯匙，兩人很有默契地誰都沒看大川一眼，看起來並不打算理他。

大川抓抓頭嘀咕道：「在汀南的時候你們每晚都待一起，難道是純聊天……」

司羽忽略因為大川那句話而變得有些曖昧的氣氛，低著頭夾了塊魚細心地挑著魚刺。安潯看了沉默的司羽一眼，對大川解釋道：「我們在畫畫。」

「那鎖門幹什麼？」大川說完，覺得自己說得有點太多，在眾人期待的眼神下尷尬一笑，對安潯使了使眼色，意思是：我懂我懂，我不說。

安潯覺得大川應該能和安非成為好朋友，因為他們的屬性相同──有種自作聰明的笨。

司羽繼續剔著魚刺，不做任何解釋。

陸欣然隔著司羽，看向安潯，看她小口吃著東西，看她輕輕和大川說話，看她微微勾起嘴角，看著看著，似乎懂了，懂了這麼多女孩為什麼最終是她。

氣質乾淨，笑容柔和，話不多，但每次開口瑩亮的眼睛都特別美，有種說不出的風情，很勾人。司羽似乎也發現了，每次她說話，他都會抬頭細細地看著她。

安潯察覺到陸欣然的視線，再次歪頭看向她。安潯還沒說話，就見司羽將挑好刺的魚肉放到她的盤子裡，雙手擺正她歪著的腦袋：「吃點魚。」

安潯似乎不太想理他，坐下之後也沒和他說什麼話，此刻看了看魚，冷冷淡淡地說：「不愛吃。」

司羽並沒有任何不高興，問她：「安潯，妳是因為找不到我在生我的氣嗎？」安潯沒說話，戳了下那塊白白淨淨的魚肉，發現剔得非常乾淨。

司羽將盤子推開一些，「不喜歡吃就不吃了。」說著，他一手拉起安潯，一手拿了大衣，「妳想吃什麼我陪妳去好不好？」

司羽將安潯牽出座位。她倒是沒拒絕，還不忘禮貌地致歉：「抱歉，打擾你們了。」

「沒關係沒關係。」眾人嘴上說沒關係，其實對沒熱鬧可看還挺失望的。

「先走了。」司羽絲毫沒有停頓地牽著安潯下了樓梯，走出樂翠餐廳。關門的叮噹聲未落，眾人便議論起來。大川成了矚目的焦點，被威脅著把知道的速速道來。陸欣然坐在那裡看著他們笑鬧，覺得孤獨又難過。

外面已是日暮黃昏，安潯還記得她來找司羽的那天，東京大學也籠罩在這樣的天色下，天氣也是一樣，冷硬。

「妳想吃什麼？」司羽拉了拉她的大衣。

安潯搖搖頭，說道：「我在山梨縣訂了飯店，今天晚上就要過去，再去吃東西可能來不及了。」

似乎覺察到氣溫太低，他伸手將她敞開的大衣釦子一顆一顆扣上，問：「要去看富士山？」

「嗯。」安潯乖乖等他扣好後，伸手又把釦子解開，這個款式的釦子太老氣了。

「然後呢？」司羽站在她面前，居高臨下地看著她。

「然後回義大利。」安潯說。

司羽也不急，其實他挺高興，因為安潯會跟他耍脾氣了，不再對自己疏離又防備。他想繼續為她扣上釦子：「聽說妳留電話號碼給我。」

安潯頓了頓：「……哦，我是想要給你錢，向陽他爸送到我家了。」

司羽不再說話，沉著眸子看了她一陣子，隨後掏出手機撥了個電話：「學長，車借我一下……嗯，對，陪安潯……借兩天吧，去富士山。」

安潯問道：「你明天不上課嗎？」

「我可以繼續請假。」司羽說完，抬手摸了摸她的頭髮，「可以陪妳嗎？」

明明已經打完電話，現在又問可不可以。安潯想要詢問他那句「可以繼續請假」是什麼意思，司羽再次開口：「其實我也在生自己的氣，安潯，我氣自己竟然沒找到妳。」

安潯心想，是該生氣，自己一直在等他電話，若不是這次碰到，自己會不會白跑一趟日本。當然她主要還是怪自己，為什麼會把電話號碼留給一個女生，她忘了沈司羽有多討女孩子喜歡，雖然陸欣然已極力克制和掩飾，但女孩了解女孩，陸欣然的心思一目了然。

司羽打電話的那個學長，就是剛剛在樂翠餐廳裡的其中一位。學長不是自己一個人過來的，可能因為司羽和安潯提前離席，眾人也早早散場，一行人一起從餐廳走出來，學長將車鑰匙遞給司羽：「玩得開心點。」

「司羽，明天有課。」大川湊過來提醒。

司羽隨口回答大川：「會盡快回來。」

「還要繼續請假嗎？」陸欣然突然問。

司羽點了下頭，還沒說話，安潯先開口：「我訂了車票，可以自己去。」說完她也不等司羽回應便與眾人道別，然後轉身朝另一個方向走去。

幾人看向司羽，心想：這就完了？各走各的？

司羽晃一下鑰匙對學長說：「謝了。」隨即幾步追上安潯，將她轉過來面對自己，再次伸手將她的大衣釦子扣上，警告道：「安潯妳再解開試試。」

安潯看著他，不動。

他轉頭對陸欣然說：「我會打電話給教授。」說完，他也不管安潯願不願意，牽起她的手就帶她走進一旁的小路，安潯不太情願地被他拉著離開眾人的視線。

有人嘖嘖稱奇：「原來沈司羽喜歡這個調調。」

「什麼調調？」

「對他愛理不理啊。」

「沈司羽有點黏人啊。」要不是親眼見到還真不敢相信。

某個男同學抬腳離開，擺擺手：「眼睛快被閃瞎。」

另一個跟上他：「買副墨鏡吧。」

「走啦，欣然學姐。」

第五章　時光若止

司羽非常熟悉這一帶的道路，窄小的街道兩邊有幾家居酒屋，人不多，也很安靜，後來又轉了個彎，安潯被他帶進人煙稀少又昏暗的一條小路。

他停在一家關著門的店面門口，轉手將安潯拉到熄滅的燈箱後方。安潯全程一句話也沒說，背靠在壽司店的木牆上，看著司羽將手抵在她耳側的牆上，把她困在雙臂之間。

司羽居高臨下地微微低頭看著她，在寒冷的東京街頭小巷，他的聲音低沉：「終於沒有人了，安潯。」

安潯始終一動也不動地被他圈在這一方小天地裡。

「妳來了，真好。」他說話間呼出的白氣在路燈下慢慢消散。

安潯看著他眼中閃動的光芒，心下微動，只聽他又說：「妳知道本想等一通電話，卻等來一個人的感覺嗎？」

安潯的心跳因為他這句話而加速，越發激烈，還是輕易能被他影響。安潯不再迴避他的視線，她無法對這種眼神、這樣的話語無動於衷，天寒地凍中那放在身側的手心竟然生出薄汗。

「欣喜若狂。」他將臉埋在安潯的肩頭，把剩下的話說完，然後深吸一口氣，聞著她身上的味道，似乎笑了一下，「我無法相信自己會變成這樣。」

安溽伸手輕輕推著他。他巋然不動，見她還是不太想理會自己的樣子，聰明如他，試探地問：「妳不喜歡我和陸欣然說話，是嗎？」

安溽被猜中心思，第一反應是否認：「你想多了，我就是來送錢給你的，向陽他爸把支票送到我家了。」

因為天色昏沉，街邊的路燈早早亮了起來。即使這樣，司羽的神色依舊模糊不清。他沉默一下後便抓起她的手，拇指在她的手背上摩挲，黑眸深深地看著她，像有驚濤駭浪，又似幽深的湖面寧靜。靜了半晌，他才道：「妳來日本幹什麼？妳再說一遍。」

「送錢。」安溽的聲音低了很多。

「呵……」司羽突然笑了一下。安溽剛想開口問他笑什麼，便感覺他突然壓了過來，有些涼的手捧住她的臉，有些涼的唇吻住她的唇。他比以往任何一次都更加肆無忌憚，安溽想側頭卻無法擺脫他的箝制。

唇是涼的，舌卻是熱的，安溽的防守太弱，他很容易長驅直入，小路盡頭有人走過他也沒有停下的意思。氣溫隨著夜幕降臨驟然降低許多，但兩人之間的糾纏異常火熱，冷熱交替間，竟有種別樣的刺激。

司羽終於放開她，安溽氣息還有些不穩，卻依舊第一時間開口：「就不能好好說話嗎？」明明前一刻還在說話，幹麼突然親過來。

司羽將手收回口袋裡，退後一步：「為什麼來日本？想好了再說。」

安潯那句「還錢」硬生生哽在喉嚨裡，最後也沒說出來。司羽見安潯沉默不語，終是有些無奈道：「讓妳承認喜歡我有這麼難嗎？」

這個時間根津街頭有很多學生，大多是東京大學的，安潯被司羽帶離昏暗的小路回到之前的繁華主街，默默地跟在他身後，只是這時不再像剛才那麼被動。剛走上主街就有認識司羽的人遠遠和他打招呼，見到司羽牽著安潯，難免好奇地多看了幾眼。

看來他在這裡很有名，就像小時候籃球打得好或者功課好的帥氣男同學。

兩人沉默地走了一段路，天色越來越暗。安潯發現路上的行人越來越少，直到看見不遠處已經關門的根津美術館。那是她之前逛過的地方，下午就是在那個門前，她搜尋了附近的中華餐廳，看到很多人推薦樂翠，所以才遇到了他。

安潯正思索著，突然發現司羽停下腳步：「怎麼了？」

司羽沒說話，將她的手從自己口袋裡拿出來，雙手握住，像是為她暖手。他低頭看著她，一雙眼睛在昏暗的路燈下越顯漆黑。安潯笑問：「迷路了？」

剛剛的問題安潯沒回答，但司羽似乎不打算放過她：「我以為妳來日本是因為做了決定。」

他以為的都對，只是她等了他兩天，又見到他和別的女生在一起，她突然就猶豫了。她雖然知道不能怪他，但又覺得太惹女孩喜歡這點還是他不好。

「陸欣然是我醫學院的學姐，不是很熟。」司羽很聰明，推測出關鍵所在，安潯沒問，他便主動解釋。

安潯不想承認，但又覺得無可否認，最終只說了句：「哦。」

司羽被氣笑，掐了掐她的手指：「安潯妳很煩人。」

第一次說一個女孩子煩人，竟然是對自己喜歡的女孩。

山梨縣還是要去，不過兩個多鐘頭的路程。車上安潯昏昏欲睡，臉頰不知道是不是太冷的關係，一直帶著紅暈。司羽不太想讓她睡覺，覺得隨便說些什麼都好，反正就是忍不住想撩撩她：「安潯，妳訂了幾個房間？」

「一個。」她睡眼惺忪地回答完，突然反應過來，立刻瞪大了眼睛，「到了再另外訂一間。」

司羽看她一眼：「浪費錢。」

「不是有兩千多萬嗎？」安潯瞥他一眼，「你要向家送那麼多錢到我家，嚇到我家人了。」

司羽卻沒歉意，甚至有些得意：「可是這個方法很有用不是嗎？」非常有用，最直接的效果就是，安潯來日本了。

安潯不想說話。

能看到富士山的飯店本就非常難訂，安潯和司羽去的時間又晚，結果真如司羽期盼的一樣，沒有房間了。

安潯並不擔心和他孤男寡女共處一室，畢竟不是第一次了。

「航空公司把我的行李弄丟了，」提到這事安潯便有些不高興，前天跑去超市剛買齊的日用品又都放在東京的飯店，安潯輕嘆口氣，「我要去買東西。」

下午碰到司羽，一切計畫都亂了。飯店沒退、行李沒拿，她就這樣衝動地隨他到了富士山。

司羽掏出錢包，說：「請飯店的人去吧，妳列個清單。」說著他抽出幾張日幣遞給一位服務生，用日語說了幾句話。

那服務生立刻拿出紙筆交給安潯，安潯接過，眼神卻一直留在司羽剛闔起的錢包上。司羽問她：「怎麼了？」

安潯眸光微閃，試探地問：「你去了義大利？」

司羽手指慢慢摩挲幾下皮夾的鎖釦，回答道：「去了。」

去了佛羅倫斯，去了她的學校，可她的同學說，安潯請假，不知道跑到哪個奇怪的地方寫生去了。她經常這樣，一去就很久，不用找她，她想回來自然會回來。當時他再打電話給她，便打不通了。

他怎麼能忍住不找她？說好要給她時間，等她電話，結果還是不行。所以就算開學了，他也要飛去義大利看她一眼，沒想到得到的卻是她「人間蒸發」的消息。

剛才安潯注意到他錢包裡的機票票根，「起點站佛羅倫斯」這幾個字她再熟悉不過。所以，這兩天她找他，他其實也在找她。

安潯突然覺得自己挺壞的，好不容易見到了卻故意不理他。安潯轉開筆尖低頭去寫需要的物品清單，卻寫得心不在焉：「今天回來的？」

「嗯，碰到妳時剛下飛機沒多久。」

司羽等她寫完後，接過筆，又在每一項的後面用日文標註。

安潯認真看著他寫字，雖看不懂，卻也沒移開視線，不知道是不是因為他寫的，一個個日文看起來都那麼可愛。

「我的那幅畫在行李箱裡嗎？」司羽突然問。

安潯微愣，然後笑起來。司羽停下筆，側頭看她，見她笑了，心裡偷偷鬆了口氣，今天，她還沒怎麼笑過。

安潯說：「還在汀南的畫室，難道我會帶在身上隨時隨地看——嗎？」

「現在有3D的，隨妳看，」司羽將寫完的清單遞給服務生，指了指自己，「摸也可以。」

服務生恭敬地拿著清單離開，另一位服務生拿了房卡，送兩人進入電梯。電梯關門時，安潯嘀咕：「你就仗著他們聽不懂中文。」

飯店房間很大，安潯進去後的第一件事就是看沙發軟不軟。她拍著沙發對司羽道：「你的床挺大的。」

司羽環臂輕笑，並不說話。

大大的落地窗映襯著外面街上閃爍的霓虹燈，但天色昏暗，無法看清楚遠處的富士山。安潯趴在玻璃窗上，左右換著位置，一下子跑這裡一下子趴那裡：「富士山在哪裡？我怎麼看不到？」

「明天早上醒來就能看得一清二楚。」司羽將外套脫下，掛進櫃子裡，又走到窗邊，幫安潯脫掉大衣。大衣上有她身上的馨香，司羽看著難得露出如此活潑一面的安潯，突然低聲道，「安潯，其實，床也很大。」

安潯背對著他，像是沒聽到一樣，過了一下子，突然說：「司羽，從這裡能看到你的車子。」

車子停在飯店門前，當然能看到。

「應該說是你學長的車。」說著她回頭看他，眼中滿是戲謔，「真是可憐，落魄的留學生。」

司羽輕笑挑眉：「落魄？」

「聽說你之前在打工，體驗生活嗎？」安潯問。

「之前和家裡鬧僵，被停了卡。」他言簡意賅地解釋。不過他也是氣不過，把所有卡都扔在國內，對父親說沒有他們，自己一樣可以活得很好。

即使那樣，他也沒有可憐，沒有落魄，沈家的人，不會虧待自己。

安溽還挺意外的，在她眼裡，司羽應該是那種父母非常喜愛的孩子，有禮貌，功課又好，於是疑惑地問：「為什麼？」

司羽說：「大學本來學的是金融，上了兩年改念醫學，家裡不同意，不過看我堅持也就隨我去了，只說就算念醫學院，畢業也要回公司幫哥哥。但畢業後我又繼續讀研究所，父親便大發雷霆，停了我的卡，逼我回去。」

「為什麼非要學醫？」安溽很意外，她覺得像司羽這樣的性格是不會有叛逆期的。

司羽坐在沙發上，用遙控器打開電視，沉默了一陣子才說：「為了替人治病。」

一時間讓人挑不出毛病的回答，但又跟沒說一樣，安溽看著他：「你這算是叛逆嗎？」

司羽反問：「妳沒叛逆過嗎？書香世家的小女孩，不會從小就循規蹈矩吧？接過吻嗎？」

本來很普通的談話，他卻三兩句就帶歪了。他就是個在人前彬彬有禮，人後本性畢露的人，問話如此大膽，這樣「道貌岸然」。安溽本不想理他，又吞不下這口氣，翻了個白眼：「你以為所有人都像你一樣，隨隨便便親人。」

只有他會撩，以為別人不會回嘴嗎？

司羽倒是聽出話裡另一層意思，眉眼一彎，難得笑得如此燦爛：「那就是沒有囉。」

安潯轉頭不說話，心裡生悶氣，還是別回嘴了。

司羽慢慢收了笑意，語氣鄭重了些：「安潯，今天妳生我的氣，我很高興。」

他沒再說什麼，他想安潯懂。

安潯看著窗外的景色，沒有回頭，玻璃上卻映照出女孩偷偷彎起的嘴角。

突兀的敲門聲讓室內陡然上升的曖昧氣氛消散了些，是服務生送東西過來。換洗的內衣褲和護膚乳液，安潯檢查一下道了謝。

司羽給服務生小費，安潯則拿了東西進浴室。

服務生知趣地離開。司羽關上門，回身時聽到浴室裡傳來水聲，聲音不大，嘩嘩啦啦。司羽停下腳步，靠在浴室門外的牆上，仰頭看著不遠處泛著暖黃光暈的燈，想著，應該換飯店的，換有房間的飯店，一人一間，那樣就不會如此讓人心癢難耐。

安潯沒看時間，只覺得自己似乎洗了很久，也是有意拖延。這晚不像畫畫那兩晚——司羽的態度，兩人的關係，又是飯店，這一切都讓她有些心神不寧。

安潯離開浴室的時候，窗外已是漆黑一片，司羽靠在沙發上看電視。房間裡的色調更加昏暗，電視螢幕散發的白色光線照得他周身瑩亮，穿著黑色休閒褲的長腿舒適地搭在腳凳上，襯衫釦子解開了兩顆，再加上飯店氣氛的烘托，有種說不出的性感。

見安潯出來，司羽開玩笑道：「好久不見。」

安潯擦著頭髮走過去，裝作若無其事：「你去洗吧。」

「喜歡嗎？」他突然問。

「什麼？」安潯不解。

沈司羽敲了敲放在茶几上的清單，安潯低頭去看，他指的地方，她中文寫著內褲，後面一串是他標註的日文。司羽指著兩個字：「這兩個字意思是蕾絲。」

安潯的臉倏地紅了，不想和他說話。

司羽起身，走近她，慢慢挑起她身前的幾縷髮絲，放到鼻尖輕嗅，看著她卻一句話也不說。安潯避開他的眼神說要看電視，順勢坐到沙發上，拿起茶几上的遙控器想問他怎麼用，抬眼便看到他背對著自己正在解襯衫釦子。

安潯「喂」了一聲，司羽邊將襯衫脫下邊回身道：「嗯？」

「為什麼在這裡脫？」安潯問他。

司羽挑眉，手上的動作不停，扯下黑色休閒褲，隨意道：「又不是沒見過。」

說話間安潯見他的手指已經勾住底褲邊緣，忙轉頭去看電視。她發現他有個小動作，喜歡用手指勾東西，以前脫衣服的時候也是那樣，先用指頭勾住，再彎曲手指扯下褲子，奇怪又迷人的小動作。

他故意逗她，其實只脫了襯衫和長褲。安潯假裝認真看電視，看得目不轉睛，眼角餘光瞥到他去浴室的身影，撇撇嘴，嘀咕：「無聊。」

男人和女人在做一些事情的速度上，永遠不能相提並論，比如出門，比如洗澡。司羽洗完出來，安潯還以為他只洗了個臉。他沒吹乾頭髮，任由溼漉漉的髮絲凌亂地垂在額前，踩著拖鞋、穿著浴袍走近安潯，居高臨下地看著窩在沙發上的她，上下打量一番：「妳要出門？」

安潯搖頭：「沒啊。」

「那妳穿這麼整齊幹什麼？」司羽說著坐到她旁邊。

安潯趁他洗澡的時候套上了襯衫和牛仔褲。聽他這麼問，安潯一臉認真地說：「這是我的睡衣。」

司羽笑，不和她在這個問題上糾纏，伸手拿起桌上的杯子喝水：「在看什麼？」

「不知道，一部日本電影，聽不懂說什麼。」

司羽跟著看了兩眼，很有興致和她閒聊：「喜歡日本電影嗎？」

「有幾部挺喜歡的。」

他額前髮梢處慢慢積聚水滴，水滴搖搖欲墜，最終落到他的浴袍上，小小的一塊暈染開來。安潯的視線隨著水滴落到他的浴袍上，糾結著要不要去幫他拿個毛巾擦頭髮。

「比如？」

「《情書》、《神隱少女》，」安潯還是去拿了毛巾，不過司羽沒接，似乎擺明了要等她動手，安潯猶豫一下將毛巾搭在他頭上，輕輕幫他擦著頭髮，繼續說，「《小森食光》。」

「確實是小女孩喜歡的。」司羽說完，又淡淡道，「我從來不讓別人碰我的頭髮。」

安潯停住，思考該怎麼帥氣又瀟灑地將毛巾扔掉。他突然又說：「除了妳。」

真是……瞬間就被哄到，安潯彎著嘴角仔細地擦了一陣子，覺得不會再滴水了，便將毛巾放到一邊，坐回沙發上：「除了我？」

司羽竟然還認真思考了一下，才一本正經地對她說：「可能是因為喜歡妳。」

他說得隨意又自然，這似乎是他第一次明確表白，不再是刻意撩撥與模棱兩可的暗示與明示，安潯的心臟突地一跳，有雀躍、有心動……

跟他比，自己的道行還是很淺。

安潯最拿手的就是故作鎮定，如果再放任這段曖昧的對話繼續下去，很容易就會朝不可預期的方向發展。於是，她問：「你餓嗎？」

司羽深深地看了她一眼，她轉移話題的方式很拙劣，他不戳破，拿起話筒撥了大廳櫃檯的電話，問她：「想吃什麼？」

「麵。」

日本的麵不錯吃，安潯自己就吃了一整碗。她吃東西很斯文，沒有聲音，但看起來就覺得很香。司羽沒怎麼吃，等她吃完將自己的那碗推給她：「餓壞了吧，是我疏忽了。」

安潯搖頭：「吃不下了。你怎麼不吃？」

「我不怎麼吃麵，」司羽無奈地說，「因為我不會發出聲音。」

如果沒發出聲音，日本人會覺得麵不好吃或者覺得他不禮貌，所以他乾脆不吃了。安潯被逗笑，想問垃圾怎麼處理，手機卻突然響了起來。

是家裡打來的視訊電話。司羽拿起請服務生送來的運動服，示意安潯自己要去健身房，安潯眨了下眼睛表示收到。

『妳那裡有人？』躲在安教授身後的安非彷彿戴了顯微鏡看人。

「沒有。」安潯矢口否認。

『哈，才怪，沈司羽吧，』安非篤定，『妳把鏡頭轉一下。』

安潯對鏡頭外的司羽比手勢，要他快走，司羽本來要走，見她如此，不乘人之危就不是沈司羽了。他站定，指了指自己，指了指床，意思是他要睡床。安溽不敢說話做表情，暗暗咬牙比了個ＯＫ的手勢，司羽便乖乖閃身出門。

電話另一頭安非還在要求轉鏡頭，安教授和安媽媽已經在想該怎麼把「女孩子要自愛」說得好聽一點。門無聲關上的那一刻，安溽立刻調轉鏡頭：「一目了然，要看浴室嗎？」

「要！」安非不死心。

安溽一語雙關地威脅他：「你等著。」

打發了安非，安撫了父母，安溽便窩在沙發上繼續看電視，但因為實在聽不懂，再加上又累了一天，於是沒多久就關了電視，準備爬上床睡覺。爬到一半，突然想起這張床要讓給沈司羽，安溽看了看沙發，覺得應該不會舒服到哪裡去，索性跟他耍賴，先霸占了床再說。

第二天醒來，房間很明亮，她一時間無法適應。昨晚的昏暗曖昧在陽光照耀下煙消雲散，大大的落地窗外天空藍得透亮。這麼美的天，她只在汀南見過。

不知道司羽什麼時候回來的，也不知道他什麼時候醒的，他穿戴整齊地站在落地窗前打電話，聲音低低的聽不太清楚。安潯立刻看向沙發，沒有被子，沒有睡過的痕跡，再看另一側的單人被，很確定沈司羽昨晚睡在床上，她的旁邊，果然……是沈司羽做得出來的事。

安潯覺得自己理虧，就不準備理論了，起身下床準備洗漱，剛站穩整個人愣住了。

富士山！

就那樣毫無防備地出現在她眼前，毫不遮掩地向她展示最美的樣子——壯美，高聳入雲，山頂的雪終年不化，不管春夏秋冬，彷彿與天相接，被雲染成雪白，因此日本人又稱之為「不二的高嶺」。

雜誌或者電視上看到的富士山遠遠沒有眼前的景象震撼，視覺上的衝擊讓安潯不自覺地慢慢走向落地窗。這時她才發現，外面已被雪覆蓋，整個世界都變成了銀白。

司羽始終背對著她在講電話。他換了一套衣服，大概又是麻煩服務生替他跑腿，優雅講究的男人。穿著黑色長褲和暗色毛衣的他，依舊筆直修長，安潯看著他的背影，忘記了自己本來是想去窗邊看雪景的。

似乎有所察覺，司羽突然回過頭來。

安潯站在他身後不遠處的地毯上，一張素白的小臉，一頭凌亂的長髮，迎著朝陽，朝他微笑：「司羽，外面好美，我們出去吧。」

司羽笑著說「好」，隨即側頭對著電話說：「對，媽，我這裡有人。」

安潯愣了一下，他竟然在和他媽媽講電話……

「嗯，是個女孩……對，非常認真……NO，不要調查她，不要做那種事……好，我會帶回家，如果她願意……」他依舊背對著她，聲音低低的，空出來的手對她比手勢，示意她過去。安潯猶豫了一下，轉身走向浴室。

司羽很快就講完電話，安潯剛洗完臉他就開門走了進來。以為他要用浴室，安潯便往外走：「你用吧。」

司羽靠在門邊看著她，手裡還拿著手機把玩著，對她說：「我說的是妳。」剛剛在電話裡，他向他媽媽承認了自己有喜歡的女孩，在她還沒答覆他之前，就告知了家裡。

安潯低頭，「哦」了一聲。

司羽伸手揉了揉她剛梳順的頭髮：「走吧，去看富士山。」

安潯瞪他：「我也不喜歡別人碰我的頭髮。」

司羽轉身往外走，嘴角帶著輕笑，道：「嗯，除了我。」

在飯店吃完早餐後，司羽開車帶她到富士山下遊覽湖泊，卻沒有安潯以為的人山人海。這個季節是日本旅遊淡季，很多人都選擇在櫻花怒放的時候來。人們常說，沒有櫻花的日本，是黯淡呆板的。

安潯站在河口湖邊搭建的棧橋上，看著遠處幾棵掉光葉子的枯樹，湖面兩隻優游的天鵝，還有水面倒映的富士山奇景。沒有呆板黯淡，她只覺得這一切是那麼寧靜與靈動。

司羽雙手插在夾克口袋裡，靜靜地站在另一側看著富士山，似乎也十分享受這樣的安靜。

安潯看著他，心下微動，轉身朝岸邊走去。司羽聽到木板的吱嘎聲，回頭看向她。安潯突然說：「別動。」

司羽真的不動了，問：「怎麼了？」

安潯沿著河岸走，越走越遠，約行了五十公尺：「你就這樣站一下，我要把這個畫面記下來。」

他了然：「妳帶畫筆了？」

他剛問完便見她拿出手機對著他拍了一張照片。

「雖然看照片畫畫感覺會差一點，但我會畫好的。」安潯看著自己拍下來的照片，有些高興，抬頭對他說，「司羽，我要以整座富士山當你的背景。」

富士山一直是別人鏡頭裡的主角，也有很多畫家會花費極大精力來描繪其雄壯，但只有她「口出狂言」，要以整座富士山當他的背景。司羽長這麼大，很少有人有事能讓他內心不受控制地震動不已，剛剛安潯做到了。

他靜默了半晌，壓下想過去親吻她的衝動，站在那裡靜靜凝視著她，一字一句道：「安潯，妳敢說妳不喜歡我？」

安潯站在河岸的那邊，笑得陽光燦爛，輕輕地說：「不敢。」

兩人離得遠，不過早晨的山腳下人煙稀少，空曠又安靜，那兩個字就這樣隨著溼冷的空氣傳入他耳中。安潯說完，也不去看司羽眼神的變化，轉身就走。

司羽大步走過去，順勢牽起她的手，眼中滿是笑意：「我是不是說過，請我當模特兒很貴的？」

安潯沒抽回手，問道：「有多貴？」

「可能需要妳以身相許。」

通常司羽說這種話的時候，安潯都回以沉默。這次她不閃不避，有些為難地說：「確實有點貴呢。」

司羽慢慢地將她的手又握緊了些，商量著：「要先驗貨也可以。」

兩人沿著河岸走著，期間碰到在河邊烤火的幾個年輕人，他們邀請兩人過去取暖；後來又遇到一對牽著秋田犬散步的老夫婦。司羽似乎很喜歡狗，蹲下來逗著，還不時和老夫婦聊上兩句。

等兩人走遠，安潯問司羽和他們聊了什麼，司羽說老夫婦的女兒要生孩子了，他們要去島上的神社參拜，求神明保佑母子平安。

安潯一聽有神社，興致便來了。

想要上島，必須先去關所坐船。兩人來到關所，等船的人並不多，但有三輛十分顯眼的車子停在售票口附近，一樣的顏色和車型，整整齊齊停成一排。周圍的人不免多有猜測，大多數人認為是哪個社長的嬌妻要生孩子了，所以趕來參拜。

司羽要安潯在原地等著，他去買船票。

安潯剛坐到長椅上，就見黑色的車子裡下來一位四、五十歲的大叔，很健壯，但是臉色鐵青，似乎正處於暴怒的狀態。他將車門狠狠甩上，後又不甘心地打開，對後座坐著的年輕男人怒斥著。安潯的座椅離車子很近，聽得見他說話，可是卻聽不懂。

車裡的年輕人長得很像那位大叔，應該是大叔的兒子。他從車子裡衝出來，和他的父親爭吵起來。兩人越說越大聲，情緒也越來越激動。另外兩輛車上下來幾個西裝革履的人，站在大叔身後，誰也不敢上前勸說。

大叔的臉色越來越難看，又怒罵了那年輕人兩句後抬腳便走，但蒼白的臉色顯示他很不好。他似乎是意識到了，連忙轉向，朝安潯坐著的長椅走來，可能想坐下休息，不料剛走沒幾步便摀著胸口停住不動了。身後的人並未發覺他的不妥，年輕人嘴裡還在嘰哩咕嚕說著什麼，緊接著那位大叔臉色變得慘白，呼吸也越來越困難。安潯正對著他，意識到不對時，那位大叔已經踉蹌著要倒下去了。

他就倒在安潯腳邊。安潯反應很快，起身去扶他，但他的體重安潯完全扶不住，只能盡量讓他平躺。那年輕人嘴裡喊著「歐多桑」衝了過來，附近幾個西裝革履的人也一擁而上，全都極度緊張，其中幾人還眼神銳利地在圍觀群眾裡搜尋著。

安潯用英語問大叔的兒子他父親是不是有心臟病，那人聽懂了，點了下頭。他見四周亂成一團，只有這個女孩子最鎮定，因此心生信任，轉頭對那些人喊了什麼，有人立刻拿起手機打電話。

那人急切地看著安潯，用英文問：「妳是醫生嗎？」

安潯搖頭，那人立刻準備自己動手。大叔的部下要圍觀的人散開，保持空氣流通，那人解開大叔的領帶、皮帶和襯衫釦子。

安潯努力回想學校老師教過的急救步驟，拿起自己的包包墊到大叔腦後，讓大叔的脖子往後仰。她伸手摸了摸大叔的頸動脈，發現已經沒有脈搏，立刻說：「需要進行心肺復甦。」

大叔的兒子已經脫下外衣、挽起袖子準備按壓了。心肺復甦必須快速按壓，需要很大的力量，也很耗費體力，所以那人不過壓了幾下就滿頭大汗。安潯見他速度慢下來，忍不住著急，心想真是個養尊處優的少爺，但以自己的力氣也根本做不了幾下。

見那位大叔一直沒反應，安潯突然想到司羽，猛地起身衝出人群去找他。司羽買了票正往這邊走，優異的身高和氣質讓他十分顯眼。安潯很快就找到他，急匆匆抓著他的手就往回跑：「司羽，那邊一位叔叔暈倒了，你快去看看。」

司羽本想調侃安潯兩句，聽她這麼說也不敢耽擱，跟著擠進圍觀的人群裡。司羽拍了拍力氣耗盡的年輕人，跟他換了位置，迅速、有力地進行胸外按壓，做得和教科書一樣標準。救護人員趕到後也沒有打斷他，他的頻率從頭到尾一點都沒亂，即使額頭上已滿是汗珠，手上的力量也絲毫沒有鬆懈，一下一下按壓著。

見大叔一直沒有甦醒，安潯有點急，蹲下身說：「做人工呼吸吧。」

司羽邊按壓邊抬頭掃了眼大叔的兒子，說了句日語，大叔的兒子立刻跪下來，捏著他父親的鼻子往嘴裡呼氣。

圍觀群眾也出奇地安靜。不過短短十多分鐘，卻像一個世紀那麼久……直到那位大叔緩慢地恢復呼吸。人群中響起掌聲，甚至還有人用手機拍照。

司羽起身讓到一旁，示意救護人員過來。醫護人員將那位大叔抬上車，大叔的兒子也跟著上了車，留下一堆目瞪口呆的部下。救護車車門關上之際，那位大叔突然轉頭看了安潯一眼，隨即叫一個部下過去，低聲吩咐了幾句。

安潯所有注意力都在司羽身上，看他站起身，看他走向自己。除了額頭細微的汗珠，他一切如常，寵辱不驚，好像剛剛救了一條性命的人不是他。

安潯眼前浮現的還是他救人的畫面：嚴肅又認真的神情，沒有手忙腳亂，沒有慌張無助，每個動作都迅速而沉穩，做得堅定又專業。安潯突然懂了那些有英雄情結的人的心態，真的是會讓人熱血沸騰，想擁抱他或是親吻他。

「安潯，妳做得很好。」司羽走到她身邊，把從地上撿起的包包遞給她，順勢牽起她的手，一片冰涼，他搓了搓，「害怕嗎？」

沒有炫耀，沒有邀功，甚至不如圍觀群眾興奮。

「司羽，你應該感到驕傲。」安潯眼睛閃閃發亮地看著他。

他輕笑，只道：「我就是學這個的啊。」沒什麼值得他驕傲的。

「我剛才擔心得手都發抖了。」安潯翻過手掌讓他看手心的汗，「你看起來卻一點都不緊張。」

司羽將她手心的汗擦掉，牽著她往人少的方向走去：「我也會緊張。」畢竟是條人命。

「什麼時候？」安潯一點也沒看出來。

司羽想了想：「妳準備給那位先生做人工呼吸的時候。」

安潯：「……」

正經不到三句，就歪了。

兩人沿著河邊，朝來時的方向走去，安潯想問他是不是不去島上了，卻聽他突然問：「安潯，鞋子舒服嗎？」

「嗯？」安潯不明所以。

「可以走快一點嗎？」

「可以。」

「那我們快點走。」他朝她眨了眨眼睛，便牽著她大步流星地向前走。安潯趕緊小跑步跟上，疑惑地問：「怎麼了？」

那個大叔的部下正在人群中找他們，安潯回頭看去，正好和其中一人的視線相對。那人發現了他們，連忙叫上其他人追了過來。

他們的車就停在路邊一排水杉旁。雖然那些人看起來不像壞人，找他們很可能是為了致謝，但坐進車裡的那一刻，安潯還是不禁覺得安全了一些。

司羽發動車子，直到離那些人越來越遠才對安潯說：「剛才那位先生身上的刺青看到了嗎？」

安潯點頭。她沒有仔細看，只是在解開襯衫鈕子的時候瞥了兩眼，好像全身都是。

「這種有全身刺青的基本上都是幫派大哥。」司羽說著看了看安潯，「繫上安全帶。」

安潯乖乖扣上安全帶，有些驚訝：「幫派？」

「妳知道黑社會在日本是合法的吧？這裡有很多幫派。」

「他們是黑社會？」安潯故作鎮定地回頭看了看車後幾個黑點大小的人影。穿西裝打領帶、看起來規規矩矩的那幫人，竟然是黑社會！

「妳以為黑社會像古惑仔一樣，一眼就能認出來？日本的黑社會對平民還算友好，團拜日會發糖給小朋友的那種友好。」司羽打了方向燈，車子轉上跨湖大橋，「他們比義大利黑手黨溫和些。」

「那我們跑什麼？」日本黑社會聽起來簡直人畜無害。

「因為私下他們還是會做很多黑社會做的事——販賣毒品、情色交易、暴力犯罪。所以我們最好不要與他們有任何交集。」

黑社會就是黑社會，不管他們穿得光鮮還是為人禮貌，本質卻是不變的。

於是，富士山之旅就在這樣說來就來、說走就走的情況下結束了。

中午時分，兩人回到東京。司羽要安潯去退掉飯店房間，安潯拒絕了：「退了我住哪裡？」

「我的公寓。」司羽非常肯定地回答。

見安潯眼珠轉啊轉的，小心思都寫在臉上，司羽失笑：「安潯，我想妳不用擔心什麼，我們單獨過夜很多次了，妳很安全，不是嗎？」

安潯日後回想，如果時間能回到這一刻，她一定會狠狠回他兩個字——放屁！

司羽住在學校附近的一棟公寓，很多留學生都住在那裡，包括大川。

公寓的環境比安潯想像得好很多，清新精緻的日式單身公寓，原木色地板、桌子、櫃子，白色的窗簾，灰色的牆壁，陽臺上還種了些黃金葛。單人床，白色床單和被子，乾淨工整得不像男人的房間。雙人沙發，他睡絕對不夠長。

安潯掃視了一圈後轉頭看他，皺眉：「怎麼睡？」

她現在回飯店還來得及嗎？

司羽脫下外套掛在落地衣架上，嘴角噙著笑意：「床能睡下我們兩個人，只是得要靠緊一點。怕嗎？」

「要我退房的時候你可不是這麼說的。」安潯雙手環胸看他。想到小說裡那些帶女友回家過夜的男人，儘管嘴上再三保證，多少都還是會占點便宜，猶豫半晌，她聲音低低地問：「你會摸我嗎？」

司羽愣了一下，突然笑出聲：「如果我能忍住就不會。」

「你能忍住嗎？」她嚴重懷疑。

「不能。」

她就知道。

因為司羽也很久沒回來了，所以冰箱裡什麼都沒有。為了解決晚餐，兩人去了附近的超市買食材。

司羽說要做天婦羅和烏龍麵給她吃，安潯心想他又要用美食收買自己了。

她坐在餐桌旁，撐著腦袋看他做菜，覺得這真是一種享受。享受他從容不迫、優雅至極的動作，享受期待美食的心情。看著他不疾不徐地將麵下鍋，放鬆地叉腰等待，安潯便坐不住了，心裡嘆息著自己這麼輕易就受到誘惑，邊想著邊起身走過去。

「餓了？」司羽側頭輕聲問。

「沒有。」安潯說著拿起冰箱一側掛著的圍裙，示意他低頭。司羽低頭，伸手，安潯繞到他身後，仔細地幫他繫了個蝴蝶結，繫得有點緊，顯得司羽的腰很細。她站在他身後，沒有立刻離開，手指從繫帶移到他的腰際，下意識地摩挲著圍裙上工整的手工縫線。她也不知道自己在想什麼，手就那樣不受控制地動了起來。

司羽沒說話，關了火，把煮麵的水倒掉。做完他轉身，攔腰抱起安潯就朝床鋪走去：「是妳先招惹我的。」

安潯驚呼一聲，這才意識到自己剛剛的動作滿是撩撥與暗示。她的臉頰微紅，卻還不忘狡辯：「我沒有。」

接著，她就被他壓進柔軟的單人床裡。司羽的手撐在她身體兩側，居高臨下地看著她。她抬腿想推開他，卻被他用腿壓住動彈不得。安潯有點惱：「沈司羽，你無賴。」

司羽笑，也不否認，低頭便堵住她的嘴。沒幾下安潯就被他親得手腳發軟，他見狀得寸進尺。安潯輕微的反抗根本沒用，於是又伸手去摀住他的眼睛不讓他看。他笑著躲開，去咬她的手，癢得她縮了回去。安潯覺得腦袋發脹，明明前一刻還在做飯呀。

突然有音樂聲急促地響起，好半晌她才意識到是電話鈴聲。理智恢復了一點點，抵在他胸前的手用力推開他一些，安潯側頭躲開他的親吻，輕咳一聲，說：「你的手機響了。」

顯然，他並不在意。

「司羽……」安潯的視線慢慢聚焦在天花板的吊燈上，「司羽，一直在響。」

手機還在流理檯上，響動雖然不大，卻讓安潯心慌意亂；也或許是因為身上這個人。上方的人低聲說了句什麼，低頭親了她一下才離開。安潯半晌才反應過來，他剛剛罵了句髒話。

司羽講完電話回來，安潯已經整理好了衣服，見司羽過來，她手指挑起身上少了釦子的襯衫道：「小沈先生，你得賠我一件襯衫。」

「我可以把整間店的襯衫都買下來，不過安潯，我要出去一趟，學長說他那裡有幾個人找我。」他有點抱歉地俯身親吻她的額頭。

安潯一點也不覺得他應該抱歉，鬆了口氣，「那你快去……」看看他有點不滿的神色，她勉強加了兩個字，「快回。」

司羽套上毛衣，失笑：「妳的語氣可以不用這麼雀躍。」

「抱歉，我下次會控制好。」安潯在床上找到一顆釦子，「你這裡有針線嗎？」

司羽邊向外走邊說：「妳覺得呢？」

安潯沒再問，從他櫃子裡翻出一件深色襯衫換上，腹誹他的粗魯，明知道她的行李丟了，沒衣服換……

或許他就是故意的？

呵，男人。

安潯無事，幫他澆了花，拖了地，擦了櫃子，鋪好了有點皺的床單……

沒做完的飯還是要繼續做下去，她查了食譜，準備自己動手做，想著等他回來可以直接吃。

安潯一邊鄙視自己還是用畫畫的手來做家務了，一邊拿起圍裙準備做飯，突然間聽到鑰匙開門的聲音。安潯套上圍裙，背對大門，輕聲道：「幫我繫上圍裙，飯我來做。」

門口的人沒動也沒說話，安潯等了一下覺得有些奇怪，回頭看去卻發現來人根本不是司羽，而是陸欣然。

陸欣然見到安潯也十分意外，好半晌才說道：「對不起，我以為你們會在富士山玩兩天。」

安潯把圍裙脫下來，瞥了她手中的鑰匙一眼：「沒關係，進來坐。」

陸欣然搖頭：「我只是來澆花的。既然你們回來了，那就用不著我了。」說著她對安潯輕笑一下，轉身便走。

「等一下。」安潯喊她。

陸欣然回頭，奇怪地看著安潯，在她看來自己和安潯應該沒什麼話可說。

「學姐，妳有針線嗎？」安潯和其他人一樣，叫她學姐。

陸欣然這才打量起安潯的穿著：家居拖鞋，緊身牛仔褲，寬大的男式襯衫——司羽的襯衫。她見他穿過，因為覺得做工很好，布料看起來也十分高級，她曾問過他在哪裡買的，想買幾件送給國內的父親。司羽怎麼回答的呢？他說是訂製的。那時她覺得他在開玩笑，一笑置之，後來就忘了。她的視線從安潯最上面敞開的兩顆鈕釦慢慢移到臉上，半晌才說：

「有。」

因為都在公寓的同一層，陸欣然很快拿來一盒針線：「不知道妳要用什麼顏色的線，所以都拿來了。」

安潯接過來，道了謝，見陸欣然要走，輕咳一聲，有點不好意思地問道：「學姐，妳會縫釦子嗎？」

陸欣然覺得自己真的是腦袋壞了，竟然有閒工夫幫安潯縫釦子。研究室還沒去，報告還沒做，還要回郵件給教授，結果她卻進了司羽的公寓，坐在沙發上幫他喜歡的女人一顆一顆縫上明顯是被他拉壞的釦子！

因為兩人都不是太熱情的人，相對默默無語，沒多久，安潯繫了圍裙去做飯：「學姐，我請妳吃天婦羅。」

安潯的想法很簡單，拖到司羽回來，當面問問鑰匙的事。

陸欣然抬頭看她，只見她拿著手機、看著食譜走到瓦斯爐邊，一臉認真的模樣；頭髮綰了一個結，懶懶散散地垂在腦後，幾縷碎髮垂下來擋在臉側，她抬手撥到耳後，露出優美的下頜線條和細細的脖頸。

陸欣然停下縫釦子的手，看著安潯的側臉：眼睛黑亮，嘴脣紅潤飽滿，皮膚細緻白皙，整個人清純又優雅，偏偏多了絲說不出的性感，一舉一動盡是迷人的風情。

似乎男人都喜歡這種，就連司羽也是。

想到這裡，她回過神，猛然低頭，繼續縫釦子。

安潯剛把大蝦放進油鍋裡，就聽到有人敲門，問道：「是不是隔壁的大川聞到香味想來分一口？」

陸欣然說：「大川去打球了。」

安潯沒有立刻開門，陸欣然先用日語詢問了是誰，回答的也是日語。安潯聽不懂，回頭一臉茫然地看向陸欣然。陸欣然見她手上都是麵粉，便主動走過去開門，邊走邊說：「他們說要找沈司羽。」

門外站著三個年輕男人，不像學生。這棟公寓裡住的都是學生，基本上沒什麼社會人士出入，陸欣然問他們是誰，他們指了指安潯，說找她。安潯認出來人，是早上遇到的那個大叔的部下。為首的那個還算有禮貌，打了招呼後嘰哩咕嚕地說了幾句，安潯轉身再次看向陸欣然。

陸欣然翻譯道：「他說他們社長已經醒了，並且轉到東京的醫院。社長非常感謝妳和沈司羽，想見見你們。」

安潯問他們怎麼找來這裡的，陸欣然幫忙翻譯。他們說是按照車牌號碼找到沈司羽的學長，學長說車子借給了同學，就這樣找來了，而且司羽已經去了醫院，他們是來接安潯的。

司羽說過，他們是黑社會。雖然衣冠楚楚又禮貌謙遜，但依舊做著違法的事，不應該與他們有所牽扯。安潯脫下圍裙進房間拿手機，準備打給司羽，不料手機沒電了。

她向陸欣然借，可是陸欣然的手機放在自己房間沒帶來，於是打電話的主意便作罷。

安潯猶豫著：「我可以不去嗎？」

那人突然著急起來，嘰哩咕嚕地說了一串。陸欣然翻譯道：「他說妳不去，他回去會受到懲罰。他們社長非常想見妳和司羽，你們是社長的救命恩人。」

接著那三人把身分證件拿出來給安潯看，還說可以讓陸欣然拍下來，出了問題就報警。

安潯見三人如此誠懇，無奈地答應了，詢問是哪家醫院。他們說了個名字，陸欣然告訴她，這家醫院確實不遠。油鍋裡的大蝦還在炸，安潯請陸欣然幫她做完，說她很快回來，然後一起吃晚餐。

打電話給司羽的人確實是之前借車子給司羽的那個學長，中國留日博士生，住在另一棟離司羽不算太遠的公寓。

司羽到他那裡後，發現屋子裡站了幾個西裝革履的人，穿著和早上見到的那群人很像，但不是相同的人。學長關切地問是不是惹上什麼麻煩，司羽搖頭。

那幾人將帶來的兩份點心禮盒放到桌上，說是社長的謝禮。司羽表示不用客氣，他們便沒再說什麼，乾脆地告辭了，似乎也不太想與外國留學生打交道，來這裡只是為了完成任務。

司羽把點心都留給了學長，回去的路上，遇到一位捧著一大束鮮花的女孩，她正眉飛色舞地跑進公寓大門。

似乎女孩子都喜歡鮮花或者玩偶。

陸欣然實在想不通到底自己為什麼會幫安潯縫鈕釦，又答應幫她炸蝦。她明明是自己的情敵，不是嗎？自己應該討厭她的。

聽到鑰匙開鎖的聲音，她還以為是安潯，畢竟那間醫院離這裡確實不遠。

沒想到看向門口，只見到一隻巨大絨毛熊塞滿門框，看不到人，低頭看向熊腿中間的鞋子和褲子，她才確定來人是司羽。

「如果妳喜歡它，就過來吻我。」顯然門口的人也看不到她，司羽獨特的嗓音從大熊背後傳來，不似平時那樣漫不經心，語氣中帶著特殊的感情。

陸欣然明知道這話不是對她說的，心跳還是不受控制地加速。司羽已經抱著熊走了進來，陸欣然由心跳加速變成心底發酸，卻始終沒說一句話。司羽沒等到應有的反應，便伸手將熊腦袋按下，看向房內，隨即看到瓦斯爐旁的陸欣然，神色複雜地看著自己。

司羽把熊扔到沙發上，又恢復了一貫的疏離模樣，問道：「安溽呢？」

陸欣然恍惚地「哦」了一聲，邊轉頭看鍋子邊隨意答道：「不是說和你一起去醫院見那個社長了嗎？」

司羽臉色一變：「什麼社長？」

陸欣然疑惑地回頭，見到他的神情，她的臉色也變了。

安溽隨那些人上了車，車子在鬧區行駛了不過十分鐘就抵達醫院。那個他們稱之為社長的男人住在頂樓，房門口有幾個人站崗，神情嚴肅。

司羽說過，日本的幫派有二十幾個，每當利益或地盤方面有所衝突就會互相暗殺。想到這裡，安溽走向病房的腳步有點遲疑了。

那位全身刺青的大叔名叫安藤雅人，至少他遞過來的名片上是這樣寫的。安溽驚嘆日本的黑社會竟然都混到有名片的地步了。

安藤雅人的兒子也在，名叫安藤川，主要負責翻譯。他見到安潯，笑得十分友好和善，甚至還和她寒暄了幾句。

安潯問：「司羽在哪裡？」

他說：「應該在路上。」

安藤雅人靠在床上，一臉慈愛地看著安潯，說：「今天出門忘記帶藥，結果差點葬身在富士山下。手下那些人都是從小混黑社會的孩子，見我摀著心口倒下，還以為是被裝了消音器的手槍擊中，一時間亂成一團，幸好妳反應及時，做出了正確的判斷。」

安潯嘴上說：「您正好倒在我面前，我看得一清二楚。」心裡卻想著，他們真的是黑社會，而且還毫不避諱地告訴自己。

安藤雅人問安潯：「要我怎麼感謝妳？」

安潯說：「不用謝，真正救你的人是我朋友，我們都覺得這只是舉手之勞。」

安藤雅人這才詢問司羽到哪裡了，安藤川隨口說可能路上塞車，又勸他少說話、多休息。兩人的關係看起來緩和許多。安藤川對安潯解釋道，他的繼母要生孩子了，父親非要他去神社祈福，他不是很喜歡年輕的繼母，於是和父親發生了一些爭執。

安潯對他們的家務事不感興趣，敷衍地笑笑。安藤雅人精神狀態還不錯，和安潯閒聊了一陣子。直到醫生要求病人休息，安潯也沒等來司羽，她有點不安。安藤川主動提議送安潯回去，安潯拒絕，安藤雅人卻說必須要送。

陸欣然記得他們說的那家醫院，她開車送司羽過來的時候，天已經暗了。要見安藤雅人不是那麼容易，他們幾經詢問，又利用了教授的人脈，才打聽到是幾號病房。

病房門口看守的人認出司羽，對他還算客氣。司羽說自己找安潯，那人卻說她已經回去了。於是，司羽又馬不停蹄地趕回公寓。

從發現安潯被接走到現在，司羽一直冷著一張臉，異常沉默。陸欣然不敢耽誤，路上還差點闖了紅燈。而回到公寓也沒見到安潯的那一刻，司羽的眼神開始變得嚇人。陸欣然甚至有點不敢看他，只輕聲問：「報警嗎？」

安潯發現這不是回公寓的路時，安藤川也卸下了偽裝：「對不起，安潯小姐，我擅自決定要請妳吃飯。」

「我要回去。」即使他說話很有禮貌，但安潯還是有些害怕。她看著安藤川，告誡自己要鎮定，眼神不要閃躲，要冷靜、強勢表達自己的意思。

此刻她已經確定，被接來的只有自己。

「安潯，我為妳著迷。」他看著她，眼神變得熱烈，「妳毫不猶豫起身救人的樣子，我覺得美極了。」

安潯面上不動聲色，心裡卻暗罵一句：變態！

「在想什麼？我們說說話，妳應該多了解我。」他說話的時候，眼睛不曾從安潯身上移開分毫。前面的司機頭也不回地開著車，不知道是聽不懂，還是已經習慣了。

安潯決定先威脅：「我來的時候告訴過我朋友，如果六點前沒回去就報警，她知道我被你們帶走了。」

「我只是想請妳吃個飯，再說，妳以為我會怕警察？」安藤川搖頭輕笑，似乎覺得安潯太天真。

「我和我的男朋友約好一起吃飯了。」安潯看著前面的椅背，一字一句地說，「他找不到我會把事情鬧大。」

「別緊張，妳好像很害怕，我是一個很紳士的人。」安藤川看起來確實很紳士，可安潯還是很怕。

她還是把事情想得太簡單了。

不是說他們不傷害平民嗎？不是說他們會發糖給小孩子嗎？日本黑社會不是最講究

「道」嗎？他們就這樣對待救命恩人？就在安潯千頭萬緒的時候，車子慢慢停了下來，外面還真的是一間餐廳。

司羽沒有讓陸欣然報警，而是拿出手機打了通國際電話。電話響了兩聲就接了起來，低沉清晰的中年男人的聲音從聽筒裡傳來：『想通了？』

「我需要您的幫助，父親。」司羽連問候都省了，直捷了當，「我在日本遇到了點麻煩……好，您之前的要求我都答應，請您盡快幫我。」

餐廳是典型的日式料理亭，穿著和服的服務生似乎認識安藤川，恭敬地問候完，便直接帶他們去一個包廂。店內薰香的氣味彌漫，有傳統的日本音樂低低傳來，進出的客人不多，看起來都是有頭有臉的人。

服務生跪著打開包廂的拉門，安藤川脫了鞋子進去。安潯回頭看了看跟在兩人身邊寸步不離的西裝青年，跟著坐了進去，好在不用她跪著。

陸欣然再次開車將司羽送到醫院，不禁有些茫然，自己原本只是來澆花的不是嗎？

司羽並不急著下車，車廂內安靜的氣氛讓陸欣然有點不適應：「不上去嗎？」

「等人。」他的臉隱藏在陰影裡，神色看不太清楚，但從聲音判斷絕對好不到哪裡去。

等了差不多一刻鐘，來的不只一個人，而是浩浩蕩蕩一群人。為首的是個拄著拐杖的嚴肅老人，頭髮花白，精神矍鑠，猜不出什麼身分，只是看起來不普通。

司羽走過去，不卑不亢地彎腰行禮。老人拍了拍他的手臂，道：「具體發生了什麼事你父親沒和我說明白，是安藤雅人扣下了一個女孩？」

司羽走在他身側，帶著他進入醫院，解釋道：「我們上午在富士山救了心臟病突發的安藤雅人。他說要感謝我們，卻只接走了我女朋友，到現在她還沒回來，我也無法聯絡上她。」

安潯低頭認真地吃著東西，她確實餓了，反正對面的安藤川說什麼她都不理，只擺出一副「我的家教不允許我邊吃飯邊侃侃而談」的姿態。

安藤川覺得她冷漠的模樣非常迷人，見多了甜美愛笑的日本女孩，這種倒是很引人入勝。他像是看不出安潯的拒絕，再次邀請：「用完餐跟我去新宿歌舞伎町逛逛如何？」

聽說那裡是東京最大的紅燈區，有電玩、舞廳、酒吧等娛樂設施，從深夜到黎明不停歐，是個標準的不夜城。

安潯抬眼看他，非常堅定地說：「我沒興趣，我要回家。」

「回那個小公寓嗎？」安藤川搖頭輕笑，「如果妳願意，我可以為妳在港區麻布買房子。」

她對那裡沒什麼概念，但既然他故意拿出來說嘴，應該是挺貴的地段，安潯真的是連一個眼神都懶得給他。

安藤雅人實在想不通為什麼吉澤先生會帶著一群人出現在自己的病房，而且還一副要找自己麻煩的樣子，他們幫派什麼時候得罪了這位位高權重的吉澤先生。

吉澤先生身邊有位個子很高的漂亮男孩，看起來並不怕他，印象中這個年紀的男孩都非常怕他。男孩不僅不怕他，甚至沉著那雙漆黑的眸子一直盯著他，竟讓他覺得不容忽視，是個不簡單的人物。很快，這個男孩說話了：「安藤先生，我是沈司羽。」

安藤雅人回憶了一下這個名字，隨即露出感激的表情，說：「我兒子說你塞車塞在路上，還以為見不到你了，謝謝你救了我。」

司羽緊盯著他，想從他臉上看出什麼蛛絲馬跡，好判斷他和安潯的失蹤有沒有關係。安藤雅人終於意識到司羽神色不對，奇怪道：「怎麼了？」

「我並沒有受到邀請，又怎麼會塞在路上？」司羽說，「你不就送我幾盒點心表示謝意嗎？」

安藤雅人詫異道：「怎麼會？我邀請你和你女朋友一起過來，你的女朋友已經來過了，我們聊了一陣子，一直等不到你，我便派人送她回去了。」

司羽冷笑：「這就是我來的目的。安藤先生，請問您將她送到哪裡去了？」

吉澤先生適時地用拐杖敲了敲地板，神色不屑地說：「如此對待救命恩人，安藤，你的人品太讓人失望了。」

安藤雅人因為生病而蒼白的臉色突然變得通紅，這話對他似乎打擊很大。他有些激動：「吉澤先生，我並不知情啊！安藤川呢？叫他過來，快！」

安藤川幾乎沒吃什麼東西，一直不疾不徐地和安潯說這說那。安潯並不答話，安安靜靜地吃了七八分飽。她放下筷子，擦了擦嘴，也不理會他吃完沒有，說：「走吧。」

安藤川有些意外地看著她。安潯站起身接過服務生遞來的大衣：「不是說去新宿嗎？」

安藤川聽她這樣說，更意外了，但更覺得高興。

兩人走出料理亭，兩輛車子已經停在門口，一輛是安藤川跟班的車，一輛是他們來時坐的車。

安潯坐進後面那一輛，安藤川也跟著坐了進來，緊靠著她，令人心生厭惡的距離。隨後他的那些跟班回到第一輛車，趁著這個空檔，安潯一手開鎖一手開車門，抬腳就跑下車。安藤川反應快，伸手去拉她。安潯反手關上門，只聽身後一聲慘叫，她看也沒看，立刻穿過車流去到馬路對面，坐進停在那裡等客人的計程車。

安藤川正痛得滿頭大汗，就接到安藤雅人的電話。

安藤雅人似乎在發怒邊緣，安藤川感覺到父親壓抑的情緒，不敢造次，只提醒他小心心臟。安藤雅人問他：『安潯呢？』

他這才意識到問題出在這裡，立刻吐了口氣，女人的事情，父親通常是不管的。他放鬆心情，隨意扯了個謊：「請她吃個飯後她自己回家了。」

司羽在電話另一頭聽著，只冷冷說了兩個字：『撒謊。』安潯不會和他去吃飯，就算她要去也會先打電話回來。

安藤川被安藤雅人叫回醫院，甚至不給他時間去包紮泛紫的手，硬是要他立刻出現。安藤川見到司羽的時候很意外，在他看來，無權無勢的小留學生在這裡只有乖乖被欺負的分兒，怎麼可能會找到父親的病房，而且還有吉澤先生作陪？

司羽不打算給安藤雅人留點面子，安藤川一進來就狠狠挨了一拳。司羽沒有手下留情，安藤川鼻子、嘴裡都出了血，十分狼狽。他身邊的人反應過來想要動手，吉澤一聲喝止，所有安藤家的人都不敢動了，全部看向安藤雅人，似乎在等他的命令。安藤雅人轉頭，只當沒看到。

安藤川快氣炸了，手被那女孩夾了一下還沒算帳，臉又被這男人打歪，心想就算他們是父親的救命恩人，他也要讓他們付出代價。可偏偏沈司羽有吉澤為他撐腰，不僅他父親不敢說話，他自己連頭都不敢抬。

對於安藤川之前的說詞，沈司羽一個字都不相信，而現在的形勢，安藤川只能實話實說。「我喜歡那個女孩，要請她吃飯，她不太想去，但又怕我們，所以還是去了。後來我想帶她去新宿玩，她表面上答應，實際上卻趁機溜掉了。」安藤川說著伸出手，「這是她用車門夾的，真的毫不留情，我的手指都要斷了。」

安藤川後面幾句話是說給安藤雅人聽的，有點要用苦肉計的意思，以免吉澤等人走後，父親將他打個半死。

吉澤先生站起身，要司羽回家看看。

有吉澤先生在，相信安藤川不敢再說謊。司羽點頭，臨走前瞥了安藤川青紫腫脹的手背一眼，停下腳步，回身看向安藤雅人：「聽說你們黑社會講究規矩，犯了錯的人要在老大和成員面前切下小指？」

安藤雅人萬萬沒想到這個年輕人竟敢做到這一步，畢竟那女孩並沒有受到任何傷害，連吉澤先生都有意放自己兒子一馬。安藤川臉色慘白，慌張地看向安藤雅人。

已經站起身的吉澤先生慢慢「嗯」了一聲：「確實有這個規矩。」

安藤雅人聽吉澤先生這麼說，頓了半晌才咬牙說道：「我知道了，吉澤先生。」

司羽看向驚慌的安藤川，沉聲道：「如果讓我知道你碰了她一下，我會回來剁了你整隻手。」

陸欣然一直等在病房門口，見他們出來，默默抬腳跟上。剛才裡面的對話她聽得一清二楚，尤其是司羽最後說的那幾句，聽得她心驚膽顫。她跟在眾人身後，抬頭看了看側前方的司羽，覺得有點陌生，和印象中溫文儒雅的學弟判若兩人。這一刻她才意識到，暗戀了這麼多年的男人，自己從來沒有了解過。

司羽在醫院門口和吉澤告別，吉澤微微一笑：「如果不是你父親打電話給我，我都不知道你在日本上學。」

「是我的錯，吉澤先生，我應該早點去看您。」司羽說。

吉澤擺擺手：「沒關係，你家的生意都是你哥哥在管，我還是和他比較熟。要是他來日本不找我，我確實要生氣。」

司羽臉上的笑容收斂了些，沉默了一下：「怎麼會？」

與吉澤先生道別後，司羽一路無語。

陸欣然開車，司羽安靜地坐在副駕駛座，望著車窗外的街景，看不出絲毫情緒。如果這次回去，還是見不到安潯，他會怎麼樣？她又有點緊張了。

電梯一直停在六樓，司羽本來雙手插在口袋裡靜靜等待，見電梯遲遲不下來，突然狠狠踢了電梯門一腳，發出巨大聲響。陸欣然下意識地往旁邊躲，司羽見嚇到了她，說了句「抱歉」。

好在，電梯下來了。

電梯內氣氛太凝重，陸欣然猶豫了一下，開口道：「你別擔心，安潯應該已經回家了。」

「嗯。」

電梯門打開的瞬間，兩人同時看到好端端站在公寓門口的安潯。安潯看到司羽從電梯裡出來，輕輕一笑：「司羽，你要給我一把你這裡的鑰匙。」

司羽走過去抱她，沒說話。安潯乖乖地被他抱在懷裡，鼻頭一酸差點哭出來。司羽說：

「給妳，什麼都給妳。」

聽他這麼說，安潯突然想到什麼，伸手推他：「沈司羽，陸欣然為什麼有你公寓的鑰匙？」

司羽沒有回答，卻說：「下次不要隨便出去了好嗎？」

「是你給她的嗎？」安潯看著他，想從他那裡得到否定的答案。

「回來多久了？」他打量著她，想看她是否有哪裡不妥。

安潯後退一步，歪頭看他：「沈司羽，你這樣會讓我誤會你們關係很親密。」

「先回答我的問題。」他一副沒得商量的樣子。

安潯的眸子微微閃爍著，卻答非所問：「我考慮好了，你提出的報酬，我可以支付。」

司羽愣了一下：「雖然這是我想聽到的，但不是我問的問題，安潯。」

「去見安藤雅人了，就是我們早上救的那位先生。他兒子為了感謝我帶我去吃飯，吃完我就回來了。」安潯說得輕巧，說完還故意板起臉，「該你回答我的問題了。」

這個回答，是司羽始料未及的。他以為她會嚇壞，可能還會哭，看她現在的樣子，顯然以為他什麼都不知道。

他定了定神：「妳問了什麼？」

陸欣然走過去幫他們開了公寓門，將鑰匙放到玄關的鞋櫃上，然後看了看手錶：「我澆花竟然用了三個小時。」

司羽和安潯都看向她，她說：「你們可以進屋聊，安潯，天婦羅下次再吃吧。」

安潯這時才發現司羽後面的陸欣然，她想起自己剛才還直呼人家全名……似乎有點尷尬。

陸欣然倒是大大方方，對兩人擺手說再見：「都在各說各話，聽不懂你們一人一句的在說什麼。」

安潯和司羽失笑。

告別了陸欣然，司羽帶安潯進到房間，邊幫她脫大衣邊說：「我經常不在日本，所以把鑰匙交給大川，要他每天來幫忙澆花。想來是他懶，把事情推給了學姐。」

「哦。」安潯脫了鞋子走進去，貌似無意地說，「對了，你去哪裡了？」

「我也接到安藤雅人的邀請，只是路上塞車。」司羽隨意地說著，「我到的時候妳已經走了，所以我就趕回來了。」

「真可惜。」安潯說，「他們父子挺友善的。」

「是啊。」

司羽掛好外套，回頭看安潯：「妳剛才說……」

「我什麼都沒說。」安潯立刻打斷他。

司羽輕笑：「妳是不是吃醋了？」

「沒有的事。」

他走到她身邊，摸了摸她的臉頰，眼中滿是笑意：「安潯，妳其實很容易害羞。」

安潯臉上微紅，剛要說話，司羽手指便放到她唇上。他靠近她，在她耳邊說：「安潯妳答應我了，我聽到了。」

他說話的熱氣噴在安潯脖子上，癢遍全身，安潯一動不動。半晌，她伸手輕輕摟住他。感受到她的動作，他側頭輕吻她的臉頰，一下一下，羽毛般輕撫。

她怎麼可能不心動，因為他，一顆心早已軟得一塌糊塗。

她就這樣抱著他，突然生出這些年自己一直在等他的念頭。

餐桌上還放著炸好的大蝦，司羽挽起袖子，準備完成他的美食。安潯有些抱歉地看向他：「完蛋了，我好撐，吃不下你的天婦羅和烏龍麵了。」

司羽輕嘆：「那妳真是太沒口福了。」

他剛說完，就見安潯站在茶几邊指向沙發，問他：「那隻熊哪裡來的？」

司羽看了那隻被他隨手扔在沙發上的熊一眼，問道：「妳不是應該撲上去抱著說好可愛嗎？」

安潯看著那隻巨熊：「還好。」

司羽想，自己或許不應該以別的女孩的喜好來定義安潯，她的審美，通常都有點跳脫，大概藝術家都是這樣？

即使安潯努力地表現出若無其事的樣子，但司羽還是感覺到她情緒低落。

她洗完澡出來賴著他要他幫忙吹頭髮，說不喜歡那隻大熊，卻抱著熊窩在沙發上看電視，一句話都聽不懂竟還看得全神貫注。電視節目裡的人笑得打滾，她卻一點笑意也沒有。

「在想什麼？」司羽將吹風機收起來，摸了摸她暖烘烘的頭髮，第一次覺得自己的洗髮精這麼好聞。

「這些惡搞路人的節目，真的太……」她想了想，「太喪心病狂了。」

司羽贊同：「這是大川最喜歡的電視節目，每次看都會笑到打滾，隔壁的人要去踹他的門，他才會小聲一點。」

「隔壁是誰？」

「是我。」

安潯「哦」了一聲，發現他並沒有接著說下去的意思，還一臉認真地盯著自己，疑惑道：「你在等我笑？」

「難道不好笑？」司羽問。

「你的幽默和你的調情水準，根本不能相提並論。」安潯如實說。

司羽輕笑：「還是大川比較捧我的場。」

說著他坐進沙發，從身後摟住她。安潯在他懷裡乖乖地窩好。他撫著她的長髮，手指慢慢下滑直到握住她的手腕，指尖輕勾著將她手腕上的髮圈扯下來，抬手綰起她披散的長髮，綰成不太圓的丸子頭。

「雖然我很喜歡妳的頭髮，但它有時候會妨礙我吻妳。」他低沉喑啞的聲音在她耳邊響起，說著說著，溫熱的氣息便噴上她的脖頸，接著是他舌尖的溫度，濡溼的感覺。

安潯躲閃，輕輕退開，問他：「司羽，你吻過多少女孩子？」

其實這話她一直想問，而且還想問得更深入——想問他，在她之前，他有沒有過別的女人，或者有過多少女人。

司羽微微鬆開她，有點鄭重地慢慢說道：「安潯，妳知道學醫的人，通常都會有些潔癖。」

安潯歪頭：「那沒學醫之前呢？有潔癖嗎？」

「也有。」司羽笑說。

潔癖有時候真是個可愛的癖好。

說話間，安潯胡亂換著電影頻道，司羽問：「除了那幾部，還有其他喜歡的日本電影嗎？」

「其實我最初對日本電影的印象並不好。」安潯說。

電視畫面轉換色調暗了下來，司羽的笑容在昏暗的燈光下朦朧又迷人：「我恰恰和妳相反。」

這人！

安潯瞪著他，終於忍不住開口：「司羽，你的禮貌、教養都是騙人的，你其實就是個道貌岸然的衣冠禽獸。」

司羽聽她說完，微微一愣，隨即沉聲笑起來，笑得肩膀抖個不停，然後伸手把她轉過來，讓她跨坐在自己腿上：「好吧，一本正經的小安潯，我們這次好好聊天。」

安潯將頭抵在他肩膀上，「呿」了一聲，「你才一本正經。」說完她頓了頓，又道，「你一點都不正經。」

「那和我說說，妳做過什麼壞事？」他輕笑著將她的手握進掌中，心想，安非的女王大人其實就是個小女生，他喜歡這種落差。

安潯忽略他故意加重的「壞事」兩個字，坐直身子看著他：「我和安非一起偷偷抽過菸。」

司羽輕笑：「壞女孩。還有呢？」

應該是氣氛讓她太過放鬆，安潯想了想又說：「他問我好不好奇接吻的感覺。」

司羽皺眉：「然後呢？」

「我踢了他一腳，然後去告訴我爸安非在臥室抽菸，結果我爸把他叫到書房教訓了兩個多小時，媽媽停了他一個月零用錢。」

司羽滿眼笑意：「幹得漂亮！」

「所以他一直很怕我。」安潯有點小得意。

司羽靜靜地看著她笑得得意，半晌沒說話。安潯問道：「怎麼了？」

他像是故意引誘她，慢慢地低聲問：「還想不想抽菸？」

安溽眨眨眼，還沒說話，便見司羽伸手拉開茶几抽屜，從裡面掏出一盒香菸，銀色盒子上印著Treasurer。他熟練地彈開盒蓋，從中抽出一根含進嘴裡，又摸出打火機，側頭點燃。

安溽眼睛不眨地看著他，心怦怦跳著。她覺得自己對司羽的了解一直受到第一印象左右，他的陽光、紳士都是表面，真實的他性感、神祕又撩人。

平時的司羽讓人喜歡，現在的司羽讓人上癮。

「從不知道你抽菸。」安溽說。

「不在女士面前抽。」他隨口解釋，然後將那根菸從口中拿開，抬眼看向安溽，隨即托著她的後頸拉近，低頭吻上了她的唇。

他將嘴中含著的煙一下一下渡給她。

安溽推拒他的唇舌，轉頭輕咳一聲，眼睛水潤潤的像是咳出了淚，模樣看起來有點可憐：「你教壞我。」

他笑，煙霧繚繞中，說：「還有更壞的。」

安溽感覺他微微前傾，將菸按熄在茶几上的菸灰缸裡，然後抓住她的手腕，讓她無法動彈，她其實也不太想動。轉眼間他再次低頭吻了上來，濡溼溫熱的唇舌帶著濃濃的菸草香，讓人不自覺沉醉其中。

安潯微仰著頭，髮絲散落，垂到他手臂上，有幾縷從毛衣縫隙穿過，隨著她的晃動一下一下刺激著他的肌膚。

癢到了心裡。

安潯感覺他放開了自己的手腕，手掌隔著衣物在自己身上遊走。她渾身無力，也不知道是推拒還是邀請，有些意亂情迷。

他又慢慢將造次的手移到她的腰部，想從襯衫下襬鑽進去，一次、兩次……都沒成功。伸手一摸，他發現她的襯衫塞進了高腰的緊身褲裡，因為褲子太緊，他無法將襯衫完全抽出。

司羽有點傻眼。

坐在他身上的安潯笑了起來。司羽無奈，伸手抱緊了她，沙啞的嗓音在她耳邊響起：「讓我摸摸。」

安潯搖頭。

「那妳摸我好不好，寶寶？」他再次握住她的手腕。

安潯看也不看他，想抽回手，他也不強求，只是一下一下地親吻她的臉頰。

電視「啪」的一聲關掉了，安潯感覺好像是自己亂動的腿壓到了遙控器。突然的靜默，讓他在耳邊的輕微喘息聲更加明顯，似乎還伴隨壓抑的停頓，她突然心軟了。

窗外隱約傳來喇叭聲，還有聽不太清晰的歡呼聲，安潯轉頭看去，恍惚間看到大片雪花。下雪了。

室內的溫度彷彿要達到沸點，安潯感覺自己又回到了那個炎熱的夜晚——她和安非窩在他房間的陽臺上偷偷抽菸。那種有點慌張、有點興奮的感覺在此刻無限放大，甚至還多了些不顧一切的放縱。

一旁抵在她脖頸處的人喘息聲更大，還有他一聲聲輕輕喚著安潯，喚著寶寶，那樣歡喜。

良久，司羽笑得像隻狐狸，抬頭湊近她耳邊說著讓她臉紅的話。安潯依舊一動也不動，一臉不知所措。

他終於良心發現，語帶歉意地看著她驚慌的模樣，說出的話卻更加欠揍：「真麻煩，這麼可愛，讓我非常想繼續吻妳。」

安潯連忙從他腿上下去，不回應他的話，也不抬頭看他。司羽知道她生氣了，不敢再逗她：「去睡吧，我去洗澡。」

床不大，卻很軟，安潯坐在床沿稍微猶豫了一下，想到司羽洗澡很快，她不敢再拖，趕緊將自己裹進被子裡閉眼睡覺，不然等一下四目相對，難免尷尬羞澀。

司羽洗完澡出來，安潯已經睡熟了，而且還抱著那隻大熊。他站在床邊看著她和那隻熊，心想：不是不太喜歡嗎？怎麼還抱著睡？抱他都沒這麼緊。

為什麼自己會心血來潮跑那麼遠去買這個東西回來？司羽人生少有失策，這隻熊絕對可以記上一筆。

看到床上絲毫沒有自己的空位，司羽不自覺笑起來，反省了一下，覺得自己是有點急，嚇到她了。

還只是個二十出頭的小女孩，偷偷抽根菸就覺得是天大的壞事。

不過剛剛，她還真是……

純真又迷人。

可能是睡得太早，安潯半夜醒來，見房間裡開著壁燈，昏黃的光暈，讓人覺得安心又溫暖，身旁是那隻又大又胖的泰迪熊玩偶，並沒有司羽。

安潯下床，在屋裡找了一圈，看到陽臺上明明暗暗的光點，便走了過去。

門後煙霧彌漫，司羽正一手澆花，一手夾著菸。聽到開門聲，他回頭看去，見安潯出來，他伸手把陽臺的燈打開了。

安潯背著光，神情有些關切：「你又失眠了？」她還記得他失眠的事。

「在想事情。」司羽隨口答道，見安潯穿得單薄，便將一旁椅子上的毛毯披到她身上，「怎麼醒了？」

安潯看了看他手中的菸，說道：「花再澆就要淹死了，還有你為什麼要用菸燻它們？」說著安潯靠近他兩步，伸手摟住他的腰，將臉頰貼在他胸前找了個最舒服的位置：「小沈先生，又想許願了。」

他伸手將菸按熄在花架上的煙灰缸裡，回抱她，親吻她的額頭：「好。」

「跟我回國好不好？」她仰頭看他，「明天一早就走。」

司羽也正低頭看她，她的眸子在燈光照射下閃閃發亮。他噙著笑：「好。」

安潯想問他怎麼不問為什麼，想問他那隻大熊什麼時候抱回來的，想問他今天找不到她是不是很著急，可心中百轉千迴，終是什麼都沒問。

等到早上再醒來，司羽已經在廚房裡煎蛋了，安潯揉著頭髮進入浴室。沒過多久，司羽跟著走進來，安潯正在刷牙，他從後面環腰抱住她。他看向鏡子裡的她：「早安，安潯。」

安潯「嗯」了一聲，漱了口，也看著鏡子裡的他。放在她腰腹上的手挪了上來，輕撫她的下巴，隨後稍稍用力讓她微微側臉，便又吻住了她。

兩人口中都是牙膏的薄荷香，清新微涼卻又火熱。

——《汀南絲雨》未完待續——

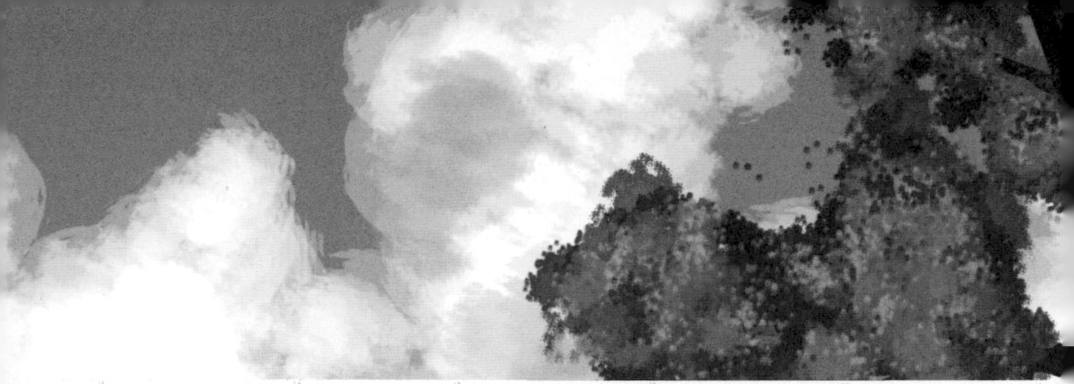

高寶書版集團
gobooks.com.tw

YH 100
汀南絲雨（上）
作　　者　狄 戈
特約編輯　余純菁
責任編輯　吳培禎
封面設計　茵萊登曼特
內頁排版　賴姵均
企　　劃　何嘉雯

發 行 人　朱凱蕾
出　　版　英屬維京群島商高寶國際有限公司台灣分公司
Global Group Holdings, Ltd.
地　　址　台北市內湖區洲子街88號3樓
網　　址　gobooks.com.tw
電　　話　(02) 27992788
電　　郵　readers@gobooks.com.tw（讀者服務部）
傳　　真　出版部(02) 27990909　行銷部 (02) 27993088
郵政劃撥　19394552
戶　　名　英屬維京群島商高寶國際有限公司台灣分公司
發　　行　英屬維京群島商高寶國際有限公司台灣分公司
初　　版　2022年8月

國家圖書館出版品預行編目(CIP)資料

汀南絲雨/狄戈著. -- 初版. -- 臺北市：英屬維京群島商高寶國際有限公司臺灣分公司, 2022.08
冊；　公分

ISBN 978-986-506-499-0(上冊：平裝). --
ISBN 978-986-506-500-3(下冊：平裝). --
ISBN 978-986-506-501-0(全套：平裝)

857.7　　111012185